U0922007

慢煮生活

汪曾祺 著

江苏凤凰文艺出版社
JIANGSU PHOENIX LITERATURE AND ART PUBLISHING, LTD

图书在版编目（CIP）数据

慢煮生活 / 汪曾祺著. -- 南京：江苏凤凰文艺出版社, 2017.7

ISBN 978-7-5594-0725-2

Ⅰ. ①慢… Ⅱ. ①汪… Ⅲ. ①散文集 - 中国 - 当代 Ⅳ. ①I267

中国版本图书馆CIP数据核字（2017）第129022号

书　　名	慢煮生活
作　　者	汪曾祺
责任编辑	邹晓燕　黄孝阳
出版发行	江苏凤凰文艺出版社
出版社地址	南京市中央路165号，邮编：210009
出版社网址	http://www.jswenyi.com
发　　行	北京时代华语国际传媒股份有限公司　010-83670231
印　　刷	北京文昌阁彩色印刷有限责任公司
开　　本	880×1230毫米　1/32
印　　张	8
字　　数	150千字
版　　次	2017年8月第1版　2017年8月第1次印刷
标准书号	ISBN 978-7-5594-0725-2
定　　价	49.80元

我的家乡是水乡，出鸭。高邮大麻鸭是著名的鸭种。鸭多，鸭蛋也多。

一年容易又秋风。

遍青山啼红了杜鹃。

萝卜原产中国，所以中国的为最好。有春萝卜、夏萝卜、秋萝卜、四季萝卜，一年到头都有。

螃蟹为什么要横着走呢？

螃蟹的样子很凶恶，很奇怪，也很滑稽。凶恶和滑稽往往近似。

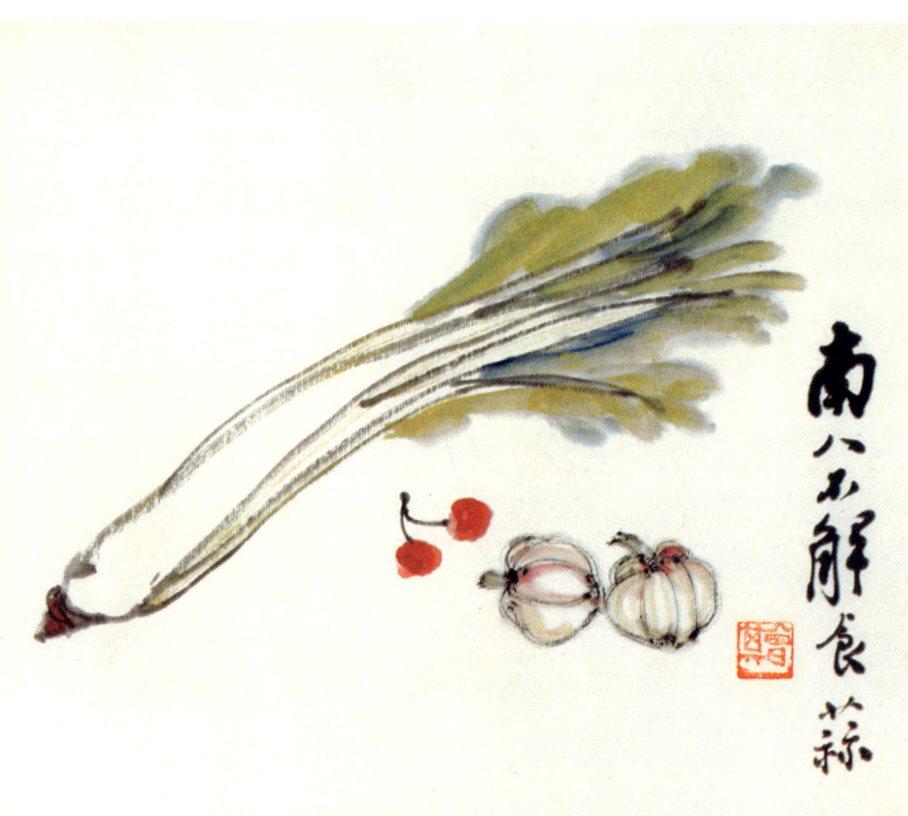
南八不解食蒜

一个人的口味要宽一点、

杂一点，

“南甜北咸东辣西酸”，

都去尝尝。

对食物如此，

对文化也应该这样。

目录

第一章

一花一叶皆有情

这些白茶花有时整天没有一个人来看它，就只是安安静静地欣然地开着。

第二章

一茶一饭过一生

一个人的口味要宽一点、杂一点，“南甜北咸东辣西酸”，都去尝尝。对食物如此，对文化也应该这样。

第三章

生活，是很好玩的

人活着，就得有点兴致。我不会下棋，不爱打扑克、打麻将，偶尔喝了两杯酒，一时兴起，便裁出一张宣纸，随意画两笔。所画多是“芳春”——对生活的喜悦。

第四章

万水千山走遍

带着雨珠的缅桂花使我的心软软的，不是怀人，不是思乡。

第五章

花枝一束故人香

为人天真到像一个孩子，对生活充满兴趣，不管在什么环境下永远不消沉沮丧，无机心，少俗虑。

第一章

一花一叶皆有情

这些白茶花有时整天没有一个人来看它，就只是安安静静地欣然地开着。

人间草木

山丹丹

我在大青山挖到一棵山丹丹。这棵山丹丹的花真多。招待我们的老堡垒户看了看，说：“这棵山丹丹有十三年了。”

“十三年了？咋知道？”

“山丹丹长一年，多开一朵花。你看，十三朵。”

山丹丹记得自己的岁数。

我本想把这棵山丹丹带回呼和浩特，想了想，找了把铁锹，把老堡垒户的开满了蓝色党参花的土台上刨了个坑，把这棵山丹丹种上了。问老堡垒户：

“能活？”

“能活。这东西，皮实。”

大青山到处是山丹丹，开七朵花、八朵花的，多的是。

山丹丹开花花又落，

一年又一年……

这支流行歌曲的作者未必知道，山丹丹过一年多开一朵花。唱歌的歌星就更不会知道了。

枸杞

枸杞到处都有。枸杞头是春天的野菜。采摘枸杞的嫩头，略焯过，切碎，与香干丁同拌，浇酱油、醋、香油；或入油锅爆炒，皆极清香。夏末秋初，开淡紫色小花，谁也不注意。随即结出小小的红色的卵形浆果，即枸杞子。我的家乡叫作狗奶子。

我在玉渊潭散步，在一个山包下的草丛里看见一对老夫妻弯着腰在找什么。他们一边走，一边搜索。走几步，停一停，弯腰。

“您二位找什么？”

“枸杞子。”

“有吗？”

老同志把手里一个罐头玻璃瓶举起来给我看，已经有半瓶了。

“不少！”

“不少！”

他解嘲似的哈哈笑了几声。

“您慢慢捡着！”

“慢慢捡着！”

看样子这对老夫妻是离休干部，穿得很整齐干净，气色很好。

他们捡枸杞子干什么？是配药？泡酒？看来都不完全是。真要是需要，可以托熟人从宁夏捎一点或寄一点来。——听口音，老同志是西北人，那边肯定会有熟人。

他们捡枸杞子其实只是玩！一边走着，一边捡枸杞子，这比单纯的散步要有意思。这是两个童心未泯的老人，两个老孩子！

人老了，是得学会这样的生活。看来，这二位中年时也是很会生活，会从生活中寻找乐趣的。他们为人一定很好，很厚道。他们还一定不贪权势，甘于淡泊。夫妻间一定不会为柴米油盐、儿女婚嫁而吵嘴。

从钓鱼台到甘家口商场的路上，路西，有一家的门头上种了很大的一丛枸杞，秋天结了很多枸杞子，通红通红的，礼花似的，喷泉似的垂挂下来，一个珊瑚珠穿成的华盖，好看极了。这丛枸杞可以拿到花会上去展览。这家怎么会想起在门头上种一丛枸杞？

槐花

玉渊潭洋槐花盛开，像下了一场大雪，白得耀眼。来了放蜂的人。蜂箱都放好了，他的“家”也安顿了。一个刷了涂料的很厚的黑色的帆布篷子。里面打了两道土堰，上面架起几块木板，是床。床上一卷铺盖。地上排着油瓶、酱油瓶、醋瓶。一个白铁桶里已经有多半桶蜜。外面一个蜂窝煤炉子上坐着锅。一个女人在案板上切青蒜。锅开了，她往锅里下了一把干切面。不大会儿，面熟了，她把面捞在碗里，加了作料、撒上青蒜，在一个碗里舀了半勺豆瓣。一人一碗。她吃的是加了豆瓣的。

蜜蜂忙着采蜜，进进出出，飞满一天。

我跟养蜂人买过两次蜜，绕玉渊潭散步回来，经过他的棚子，大都要在他门前的树墩上坐一坐，抽一支烟，看他收蜜，刮蜡，跟他聊两句，彼此都熟了。

这是一个五十岁上下的中年人，高高瘦瘦的，身体像是不太好，他做事总是那么从容不迫，慢条斯理的。样子不像个农民，倒有点像一个农村小学校长。听口音，是石家庄一带的。他到过很多省。哪里有鲜花，就到哪里去。菜花开的地方，玫瑰花开的地方，苹果花开的地方，枣花开的地方。每年都到南方去过冬，广西，贵州。到了春暖，再往北翻。我问他是不是枣花蜜最好，他说是荆条花的蜜最好。这很出乎我的意料。荆条是个不起眼的东西，而且我从来没有见过荆条开花，想不到荆条花蜜却是最好的蜜。我想他每年收入应当不错。他说比一般农民要好一些，但是也落不下多少：蜂具，路费；而且每年要赔几十斤白糖——蜜蜂冬天不采蜜，得喂它糖。

女人显然是他的老婆。不过他们岁数相差太大了。他五十了，女人也就是三十出头。而且，她是四川人，说四川话。我问他：你们是怎么认识的？他说：她是新繁县人。那年他到新繁放蜂，认识了。她说北方的大米好吃，就跟来了。

有那么简单？也许她看中了他的脾气好，喜欢这样安静平和的性格？也许她觉得这种放蜂生活，东南西北到处跑，好耍？这是一种农村式的浪漫主义。四川女孩子做事往往很洒脱，想咋个就咋个，不像北方女孩子有那么多考虑。他们结婚已经几年了。丈夫对她好，她对丈夫也很体贴。她觉得她的选择没有错，很满意，不后悔。我问养蜂人：她回去过没有？他说：回去过一次，一个人。他让她带了两千块钱，她买了好些礼物送人，风风光光地回了一趟新繁。

一天，我没有看见女人，问养蜂人，她到哪里去了。养蜂人说：到我那大儿子家去了，去接我那大儿子的孩子。他有个大儿子，在北京工作，在汽车修配厂当工人。

她抱回来一个四岁多的男孩，带着他在棚子里住了几天。她带他到甘家口商场买衣服，买鞋，买饼干，买冰糖葫芦。男孩子在床上玩鸡啄米，她靠着被窝用钩针给他钩一顶大红的毛线帽子。她很爱这个孩子。这种爱是完全非功利的，既不是讨丈夫的欢心，也不是为了和丈夫的儿子一家搞好关系。这是一颗很善良、很美的心。孩子叫她奶奶，奶奶笑了。

过了几天，她把孩子又送了回去。

过了两天，我去玉渊潭散步，养蜂人的棚子拆了，蜂箱集中在一起。等我散步回来，养蜂人的大儿子开来一辆卡车，把棚柱、木板、煤炉、锅碗和蜂箱装好，养蜂人两口子坐上车，卡车开走了。

玉渊潭的槐花落了。

葡萄月令

一月，下大雪。

雪静静地下着。果园一片白。听不到一点声音。

葡萄睡在铺着白雪的窖里。

二月里刮春风。

立春后，要刮四十八天“摆条风”。风摆动树的枝条，树醒了，忙忙地把汁液送到全身。树枝软了。树绿了。

雪化了，土地是黑的。

黑色的土地里，长出了茵陈篙。碧绿。

葡萄出窖。

把葡萄窖一锹一锹挖开。挖下的土，堆在四面。葡萄藤露出来了，乌黑的。有的梢头已经绽开了芽苞，吐出指甲大的苍白的小叶。它已经等不及了。

把葡萄藤拉出来，放在松松的湿土上。

不大一会，小叶就变了颜色，叶边发红；——又不大一会，绿了。

三月，葡萄上架。

先得备料。把立柱、横梁、小棍，槐木的、柳木的、杨木的、桦木的，按照树棵大小，分别堆放在旁边。立柱有汤碗口粗的、饭碗口粗的、茶杯口粗的。一棵大葡萄得用八根、十根，乃至十二根立柱。中等的，六根、四根。

先刨坑，竖柱。然后搭横梁，用粗铁丝紧后搭小棍，用细铁丝缚住。

然后，请葡萄上架。把在土里趴了一冬的老藤扛起来，得费一点劲。大的，得四五个人一起来。“起！——起！”哎，它起来了。把它放在葡萄架上，把枝条向三面伸开，像五个指头一样的伸开，扇面似的伸开。然后，用麻筋在小棍上固定住。葡萄藤舒舒展展，凉凉快快地在上面待着。

上了架，就施肥。在葡萄根的后面，距主干一尺，挖一道半月形的沟，把大粪倒在里面。葡萄上大粪，不用稀释，就这样把原汁大粪倒下去。大棵的，得三四桶。小葡萄，一桶也就够了。

四月，浇水。

挖窖挖出的土，堆在四面，筑成垄，就成一个池子。池里放满了水。葡萄园里水气泱泱，沁人心肺。

葡萄喝起水来是惊人的。它真是在喝哎！葡萄藤的组织跟别的果树不一样，它里面是一根一根细小的导管。这一点，中国的古人早就发现了。《图经》云：“根苗中空相通。圃人将货之，欲得厚利，暮溉其根，而晨朝水浸子中矣，故俗呼其苗为木通。”“暮溉其根，而晨朝水浸子中矣”，是不对的。葡萄成熟了，就不能再浇水了。再浇，果粒就会涨破。“中空相通”却是很准确的。浇了水，不大一会，它就从根直吸到梢，简直是小孩嘬奶似的拼命往上嘬。浇过了水，你再回来看看吧：梢头切断过的破口，就嗒嗒地往下滴水了。

是一种什么力量使葡萄拼命地往上吸水呢？

施了肥，浇了水，葡萄就使劲抽条、长叶子。真快！原来是几根根枯藤，几天工夫，就变成青枝绿叶的一大片。

五月，浇水、喷药、打梢、掐须。

葡萄一年不知道要喝多少水，别的果树都不这样。别的果树都是刨一个“树碗”，往里浇几担水就得了，没有像它这样的：“漫灌”，整池子地喝。

喷波尔多液。从抽条长叶，一直到坐果成熟，不知道要喷多少次。喷了波尔多液，太阳一晒，葡萄叶子就都变成蓝的了。葡萄抽条，丝毫不知节制，它简直是瞎长！几天工夫，就抽出好长的一节的新条。这样长法还行呀，还结不结果呀？因此，过几天就得给它打一次条。葡萄打条，也用不着什么技巧，是个人就能干，拿起树剪，劈劈啦啦，把新抽出来的一截都给它铰了就得了。一铰，一地的长着新叶的条。

葡萄的卷须，在它还是野生的时候是有用的，好攀附在别的什么树木上。现在，已经有人给它好好地固定在架上了，就一点用也没有了。卷须这东西最耗养分，——凡是作物，都是优先把养分输送到顶端，因此，长出来就给它掐了，长出来就给它掐了。

葡萄的卷须有一点淡淡的甜味。这东西如果腌成咸菜，大概不难吃。

五月中下旬，果树开花了。果园，美极了。梨树开花了，苹果树开花了，葡萄也开花了。

都说梨花像雪，其实苹果花才像雪。雪是厚重的，不是透明的。梨花像什么呢？——梨花的瓣子是月亮做的。

有人说葡萄不开花，哪能呢？只是葡萄花很小，颜色淡黄微绿，不钻进葡萄架是看不出的。而且它开花期很短。很快，就结出了绿豆大的葡萄粒。

六月，浇水、喷药、打条、掐须。

葡萄粒长了一点了，一颗一颗，像绿玻璃料做的纽子。硬的。

葡萄不招虫。葡萄会生病，所以要经常喷波尔多液。但是它不像桃，桃有桃食心虫；梨，梨有梨食心虫。葡萄不用疏虫果。——果园每年疏虫果是要费很多工的。虫果没有用，黑黑的一个半干的球，可是它耗养分呀！所以，要把它“疏”掉。

七月，葡萄“膨大”了。

掐须、打条、喷药，大大地浇一次水。

追一次肥。追硫铵。在原来施粪肥的沟里撒上硫铵。然后，就把沟填平了，把硫铵封在里面。

汉朝是不会追这次肥的。汉朝没有硫铵。

八月，葡萄“著色”。

你别以为我这里是把画家的术语借用来了。不是的。这是果农的语言，他们就叫“著色”。

下过大雨，你来看看葡萄园吧，那叫好看！白的像白玛瑙，红的像红宝石，紫的像紫水晶，黑的像黑玉。一串一串，饱满、磁棒、挺括，璀璨琳琅。你就把《说文解字》里的玉字偏旁的字都搬了来吧，那也不够用呀！

可是你得快来！明天，对不起，你全看不到了。我们要喷波尔多液了。一喷波尔多液，它们的晶莹鲜艳全都没有了，它们蒙上一层蓝兮兮、白糊糊的东西，成了磨砂玻璃。我们不得不这样干。葡萄是吃的，不是看的。我们得保护它。

过不两天，就下葡萄了。

一串一串剪下来，把病果、瘪果去掉，妥妥地放在果筐里。果筐满了，盖上盖，要一个棒小伙子跳上去蹦两下，用麻筋缝的筐盖。——新下的果子，不怕压，它很结实，压不坏。倒怕是装不紧，逛里逛当的。那，来回一晃悠，全得烂！

葡萄装上车，走了。

去吧，葡萄，让人们吃去吧！

九月的果园像一个生过孩子的少妇，宁静、幸福，而慵懒。

我们还给葡萄喷一次波尔多液。哦，下了果子，就不管了？人，总不能这样无情无义吧。

十月，我们有别的农活。我们要去割稻子。葡萄，你愿意怎么长，就怎么长着吧。

十一月，葡萄下架。

把葡萄架拆下来。检查一下，还能再用的，搁在一边。糟朽了的，只好烧火。立柱、横梁、小棍，分别堆垛起来。

剪葡萄条。干脆得很，除了老条，一概剪光。葡萄又成了一个大秃子。

剪下的葡萄条，挑有三个芽眼的，剪成二尺多长的一截，捆起来，放在屋里，准备明春插条。

其余的，连枝带叶，都用竹笤帚扫成一堆，装走了。

葡萄园光秃秃。

十一月下旬，十二月上旬，葡萄入窖。

这是个重活。把老本放倒，挖土把它埋起来。要埋得很厚实。外面要用铁锹拍平。这个活不能马虎。都要经过验收，才给记工。

葡萄窖，一个一个长方形的土墩墩。一行一行，整整齐齐地排列着。风一吹，土色发了白。

这真是一年的冬景了。热热闹闹的果园，现在什么颜色都没有了。

眼界空阔，一览无余，只剩下发白的黄土。

下雪了。我们踏着碎玻璃碴似的雪，检查葡萄窖，扛着铁锹。

一到冬天，要检查几次。不是怕别的，怕老鼠打了洞。葡萄窖里很暖和，老鼠爱往这里面钻。它倒是暖和了，咱们的葡萄可就受了冷啦！

夏天

夏天的早晨真舒服。空气很凉爽，草上还挂着露水（蜘蛛网上也挂着露水），写大字一张，读古文一篇。夏天的早晨真舒服。

凡花大都是五瓣，栀子花却是六瓣。山歌云："栀子花开六瓣头。"栀子花粗粗大大，色白，近蒂处微绿，极香，香气简直有点叫人受不了，我的家乡人说是："碰鼻子香"。栀子花粗粗大大，又香得掸都掸不开，于是为文雅人不取，以为品格不高。栀子花说："去你妈的，我就是要这样香，香得痛痛快快，你们他妈的管得着吗！"

人们往往把栀子花和白兰花相比。苏州姑娘串街卖花，娇声叫卖："栀子花！白兰花！"白兰花花朵半开，娇娇嫩嫩，如象牙白色，香气文静，但有点甜俗，为上海长三堂子的"倌人"所喜，因为听说白兰花要到夜间枕上才格外地香。我觉得红"倌人"的枕上之花，不如船娘髻边花更为刺激。

夏天的花里最为幽静的是珠兰。

牵牛花短命。早晨沾露才开，午时即已萎谢。

秋葵也命薄。瓣淡黄，白心，心外有紫晕。风吹薄瓣，楚楚可怜。

凤仙花有单瓣者，有重瓣者。重瓣者如小牡丹，凤仙花茎粗肥，湖南人用以腌“臭咸菜”，此吾乡所未有。

马齿苋、狗尾巴草、益母草，都长得非常旺盛。

淡竹叶开浅蓝色小花，如小蝴蝶，很好看。叶片微似竹叶而较柔软。

“万把钩”即苍耳。因为结的小果上有许多小钩，碰到它就会挂在衣服上，得小心摘去。所以孩子叫它“万把钩”。

我们那里有一种“巴根草”，贴地而去，是见缝扎根，一棵草蔓延开来，长了很多根，横的，竖的，一大片。而且非常顽强，拉扯不断。很小的孩子就会唱：

巴根草，
绿茵茵，
唱个唱，
把狗听。

最讨厌的是“臭芝麻”。掏蟋蟀、捉金铃子，常常沾了一裤腿。奇臭无比，很难除净。

西瓜以绳络悬之井中，下午剖食，一刀下去，喀嚓有声，凉气四溢，连眼睛都是凉的。

天下皆重“黑籽红瓤”，吾乡独以“三白”为贵：白皮、白瓤、白籽。“三白”以东墩产者最佳。

香瓜有：牛角酥，状似牛角，瓜皮淡绿色，刨去皮，则瓜肉浓绿，籽赤红，味浓而肉脆，北京亦有，谓之“羊角蜜”；虾蟆酥，不甚甜而脆，嚼之有黄瓜香；梨瓜，大如拳，白皮，白瓤，生脆有梨香；有一种较大，皮色如虾蟆，不甚甜，而极“面”，孩子们称之为“奶奶哼”，说奶奶一边吃，一边“哼”。

蝈蝈，我的家乡叫作“叫蛐子”。叫蛐子有两种。一种叫“侉叫蛐子”。那真是“侉”，跟一个叫驴子似的，叫起来“咶咶咶咶”，很吵人。喂它一点辣椒，更吵得厉害。一种叫“秋叫蛐子”，全身碧绿如玻璃翠，小巧玲珑，鸣声亦柔细。

别出声，金铃子在小玻璃盒子里爬哪！它停下来，吃两口食——鸭梨切成小骰子块。于是它叫了，“丁铃铃铃”……

乘凉。

搬一张大竹床放在天井里，横七竖八一躺，浑身爽利，暑气全消。看月华。月华五色晶莹，变幻不定，非常好看。月亮周围有一个模模糊糊的大圆圈，谓之“风圈”，近几天会刮风。“乌猪子过江了”——黑云漫过天河，要下大雨。

一直到露水下来，竹床子的栏杆都湿了，才回去，这时已经很困了，才沾藤枕（我们那里夏天都枕藤枕或漆枕），已入梦乡。

鸡头米老了，新核桃下来了，夏天就快过去了。

草木春秋

木芙蓉

浙江永嘉多木芙蓉。市内一条街边有一棵，干粗如电线杆，高近二层楼，花多而大，他处少见。楠溪江边的村落，村外、路边的茶亭（永嘉多茶亭，供人休息、喝茶、聊天）檐下，到处可以看见芙蓉。芙蓉有一特别处，红白相间。初开白色，渐渐一边变红，终至整个的花都是桃红的。花期长，掩映于手掌大的浓绿的叶丛中，欣然有生意。

我曾向永嘉市领导建议，以芙蓉为永嘉市花，市领导说永嘉已有市花，是茶花。后来听说温州选定茶花为温州市花，那么永嘉恐怕得让一让。永嘉让出茶花，永嘉市花当另选。那么，芙蓉被选中，还是有可能的。

永嘉为什么种那么多木芙蓉呢？问人，说是为了打草鞋。芙蓉的树皮很柔韧结实，剥下来撕成细条，打成草鞋，穿起来很舒服，且耐走长路，不易磨通。

现在穿树皮编的草鞋的人很少了，大家都穿塑料凉鞋、旅游鞋。

但是到处都还在种木芙蓉，这是一种习惯。于是芙蓉就成了永嘉城乡一景。

南瓜子豆腐和皂角仁甜菜

在云南腾冲吃了一道很特别的菜。说豆腐脑不是豆腐脑，说鸡蛋羹不是鸡蛋羹。滑、嫩、鲜，色白而微微带点浅绿，入口清香。这是豆腐吗？是的，但是用鲜南瓜子去壳磨细“点”出来的。很好吃。中国人吃菜真能别出心裁，南瓜子做成豆腐，不知是什么朝代，哪一位美食家想出来的！

席间还有一道甜菜，冰糖皂角米。皂角我的家乡颇多。一般都用来泡水，洗脸洗头，代替肥皂。皂角仁蒸熟，妇女绣花，把绒在皂仁上“光”一下，绒不散，且光滑，便于入针。没有吃它的。到了昆明，才知道这东西可以吃。昆明过去有专卖蒸菜的饭馆，蒸鸡、蒸排骨，都放小笼里蒸，小笼垫底的是皂角仁，蒸得了晶莹透亮，嚼起来有韧劲，好吃。比用红薯、土豆衬底更有风味。但知道可以做甜菜，却是在腾冲。这东西很滑，进口略不停留，即入肠胃。我知道皂角仁的“物性”，警告大家不可多吃。一位老兄吃得口爽，弄了一饭碗，几口就喝了。未及终席，他就奔赴厕所，飞流直下起来。

皂角仁卖得很贵，比莲子、桂圆、西米都贵，只有卖干果、山珍的大食品店才有得卖，普通的副食店里是买不到的。近几年时兴“皂角洗发膏”，皂角恢复了原来的功能，这也算是“以故为新”吧。

车前子

车前子的样子很有趣。叶贴地而长，近卵形，有长柄。在自由伸向四面的叶丛中央抽出细长的花梗，顶端有穗形花序，直立着。穗不多，少的只有一穗。画家常画之为点缀。程十发即喜画。动画片中好像少不了它。不知道为什么，这东西有一种童话情趣。

车前子可利小便，这是很多农民都知道的。

张家口的山西梆子剧团有一个唱“红”（老生）的演员，经常在几县的“堡”（张家口人称镇为“堡”）演唱，不受欢迎，农民给他起了个外号：“车前子”。怎么给他起了这么个外号呢？因为他一出台，农民观众即纷纷起身上厕所，这位“红”利小便。

这位唱“红”的唱得起劲，观众就大声喊叫：“快去，快，赶紧拿咸菜！”这又是怎么回事呢？吃白薯吃得太多了，烧心反胃，嚼一块咸菜就好了。这位演员的嗓音叫人听起来烧心。

农民有时是很幽默的。

搞艺术的人千万不能当“车前子”，不能叫人烧心反胃。

紫穗槐

在戴了“右派分子”的帽子以后，我曾经被发到西山种树。在石多土少的山头用镢头刨坑。实际上是在石头上硬凿出一个一个的树坑来，再把凿碎的砂石填入，用九齿耙搂平。山上寸土寸金，树坑就山势而凿，大小形状不拘。这是个非常重的活。我成了“右派”后所从事的劳动，以修十三陵水库和这次西山种树的活最重。那真是玩了命。

一早，就上山，带两个干馒头、一块大腌萝卜。顿顿吃大腌萝卜，这不是个事。已经是秋天了，山上的酸枣熟了，我们摘酸枣吃。草里有蝈蝈，烧蝈蝈吃！蝈蝈得是三尾的，腹大，多子。一会儿就能捉半土筐。点一把火，把蝈蝈往火里一倒，劈劈剥剥，熟了。咬一口大腌萝卜，嚼半个烧蝈蝈，就馒头，香啊。人不管走到哪一步，总得找点乐子，想一点办法，老是愁眉苦脸的，干吗呢！

我们刨了坑，放着，当时不种，得到明年开了春，再种。据说要种的是紫穗槐。

紫穗槐我认识，枝叶近似槐树，抽条甚长，初夏开紫花，花似紫藤而颜色较紫藤深，花穗较小，瓣亦稍小。风摇紫穗，珊珊可爱。

紫穗槐的枝叶皆可为饲料，牲口爱吃，上膘。条可编筐。

刨了约二十多天树坑，我就告别西山八大处回原单位等候处理，从此再也没有上过山。不知道我们刨的那些坑里种上紫穗槐了没有。再见，紫穗槐！再见，大腌萝卜！再见，蝈蝈！

阿格头子灰背青

敕勒川，

阴山下。

天似穹庐，

笼盖四野。

天苍苍，

野茫茫，

风吹草低见牛羊。

北齐斛律金这首用鲜卑语唱的歌公认是北朝乐府的杰作，写草原诗的压卷之作，苍茫雄浑，前无古人，后无来者。一千多年以来，不知道有多少“南人”，都从“风吹草低见牛羊”一句诗里感受到草原景色，向往不已。

但是这句诗有夸张成分，是想象之词。真到草原去，是看不到这样的景色的。我曾四下内蒙古，到过呼伦贝尔草原、达茂旗的草原、伊克昭盟的草原，还到过新疆的唐巴拉牧场，都不曾见过“风吹草低见牛羊”。张家口坝上沽源的草原的草，倒是比较高，但也藏不住牛羊。论好看，要数沽源的草原好看。草很整齐，叶细长，好像梳过一样，风吹过，起伏摇摆如碧浪。这种草是什么草？问之当地人，说是“碱草”，我怀疑这可能是“草菅人命”的“菅”。“碱草”的营养价值不是很高。

营养价值高的牧草有阿格头子、灰背青。

陪同我们的老曹唱他的爬山调：

阿格头子灰背青，

四十五天到新城。

他说灰背青叶子青绿而背面是灰色的。“阿格头子”是蒙古话。他拔起两把草叫我们看，且问一个牧民：

“这是阿格头子吗？”

“阿格！阿格！”

这两种草都不高，也就三四寸，几乎是贴地而长。叶片肥厚而多汁。

“阿格头子灰背青，四十五天到新城。”老曹年轻时拉过骆驼，从呼和浩特驮货到新疆新城，一趟得走四十五天。那么来回就得三个月。在多见牛羊少见人的大草原上拉着骆驼一步一步地走，这滋味真难以想象。

老曹是个有趣的人。他的生活知识非常丰富，大青山的药材、草原上的草，他没有不认识的。他知道很多故事，很会说故事。单是狼，他就能说一整天。都是实在经历过的，并非道听途说。狼怎样逗小羊玩，小羊高了兴，跳起来，过了圈羊的荆笆，狼一口就把小羊叼走了；狼会出痘，老狼把出痘子的小狼用沙埋起来，只露出几个小脑袋；有一个小号兵掏了三只小狼羔子，带着走，母狼每晚上跟着部队，哭，后来怕暴露部队目标，队长说服小号兵把小狼放了……老曹好说，能吃，善饮，喜交游。他在大青山打过游击，山里的堡垒户都跟他很熟，我们的吉普车上下山，他常在路口叫司机停一下，找熟人聊两句，帮他们买拖拉机，解决孩子入学……我们后来拜访了布赫同志，提起老曹，布赫同志说：“他是个红火人。”“红火人”这样的说法，我在别处没有听见过。但是用之于老曹身上，很合适。

老曹后来在呼市负责林业工作。他曾到大兴安岭调查，购买树种，吃过犴鼻子（他说犴鼻子黏性极大，吃下一块，上下牙粘在一起，得使劲张嘴，才能张开。他做了一个当时使劲张嘴的样子，很滑稽）、飞龙。他负责林业时主要的业绩是在大青山山脚至市中心的大路两侧种了杨树，长得很整齐健旺。但是他最喜爱的是紫穗槐，是个紫穗槐迷，到处宣传紫穗槐的好处。

“文化大革命”，老曹在劫难逃。他被捆押吊打，打断了踝骨。后经打了石膏，幸未致残，但是走起路来一拐一拐的。他还是那么“红火”，健谈豪饮。

阿格头子灰背青，
四十五天到新城。

花和金鱼

从东珠市口经三里河、河舶厂，过马路一直往东，是一条横街。这是北京的一条老街了。也说不上有什么特点，只是有那么一种老北京的味儿。有些店铺是别的街上没有的。有一个每天卖豆汁儿的摊子，卖焦圈儿、马蹄烧饼，水疙瘩丝切得细得像头发。这一带的居民好像特别爱喝豆汁儿，每天晌午，有一个人推车来卖，车上搁一个可容一担水的木桶，木桶里有多半桶豆汁儿。也不吆喝，到时候就来了，老太太们准备好了坛坛罐罐等着。马路东有一家卖鞭哨、皮条、纲绳等等骡车马车上用的各种配件。北京现在大车少了，来买的多是河北人。看了店堂里挂着的挺老长的白色的皮条、两股坚挺的竹子拧成的鞭哨，叫人有点说不出来的感动。有一家铺子在一个高台阶上，门外有一块小匾，写着“惜阴斋”。这是卖什么的呢？我特意上了台阶走进去看了看：是专卖老式木壳自鸣钟、怀表的，兼营擦洗钟表油泥、修配发条、油丝。“惜阴”用之于钟表店，挺有意思，不知是哪位一方名士给写的匾。有一个茶叶店，也有一块匾：“今雨茶庄”（好几个人问过我这是什么意思）。其实这是一家夫妻店，什么“茶庄”！

两口子，有五十好几了，经营了这么个“茶庄”。他们每天的生活极其清简。大妈早起擞炉子，生火，坐水，出去买菜。老爷子扫地，擦拭柜台，端正盆花金鱼。老两口都爱养花、养鱼。鱼是龙睛，两条大红的，两条蓝的（他们不爱什么红帽子、绒球……）。鱼缸不大，飘着笮草。花四季更换。夏天，茉莉、珠兰（熟人来买茶叶，掌柜的会摘几朵鲜茉莉花或一小串珠兰和茶叶包在一起）；秋天，九花（老北京人管菊花叫“九花”）；冬天，水仙、天竹果。我买茶叶都到“今雨茶庄”买，近。我住河舶厂，出胡同口就是。我每次买茶叶，总爱跟掌柜的聊聊，看看他的花。花并不名贵，但养得很有精神。他说：“我不瞧戏，不看电影，就是这点爱好。”

我打成了“右派”，就离开了河舶厂。过了十几年，偶尔到三里河去，想看“今雨茶庄”还在不在，没找到。问问老住户，说：“早没有了！”——“茶叶店掌柜的呢？”——“死了！”

冬天的树

冬天的树，伸出细细的枝子，像一阵淡紫色的烟雾。

冬天的树，像一些铜板蚀刻。

冬天的树，简练，清楚。

冬天的树，现出了它的全身。

冬天的树，落尽了所有的叶子，为了不受风的摇撼。

冬天的树，轻轻地，轻轻地呼吸着，树梢隐隐地起伏。

冬天的树在静静地思索。

（这是冬天了，今年真不算冷。空气有点潮湿起来，怕是要下一场小雨了吧。）

冬天的树，已经出了一些比米粒还小的芽苞，裹在黑色的鞘壳里，偷偷地露出一点娇红。

冬天的树，很快就会吐出一朵一朵透明的，嫩绿的新叶，像一朵一朵火焰，飘动在天空中。

很快，就会满树都是繁华的，丰盛的浓密的绿叶，在丽日和风之中，兴高采烈，大声地喧哗。

标语

游行过去了。已经有多少天了？……

下午一点钟游行，现在，可以走了。把墨水瓶盖起来，椅子推到桌子底下，摸一摸钥匙，走。立刻，这个城市变了样子。人走到街上来，变成了队伍。沉静、平稳的，然而凝练的，湍急的队伍。人们从自己身上感觉到别人的紧张的肌肉和饱满的肺，从别人的眼睛里看到自己的发光的眼睛。于是，队伍密集起来，汇总起来，成了一片海。海的力量，海的声音，震动着全城的扩音器和收音机的喇叭，哗啦，哗啦……

一直到晚上，人们才回来，在暮色中，在每天在一定的时候亮起来的路灯底下，一群一群，一阵一阵，走在马路边上，带着没有消散的兴奋和卷得整整齐齐的旗子……

游行过去了……

现在，这里是日常生活。人来，人往。公共汽车斜驶过来，轻巧地进了站。冰糖葫芦。邮筒。鲜花店的玻璃上结着水汽，一朵红花清晰地突现出来，从恍惚的绿影的后面。狐皮大衣，铜鼓。炒栗子的香气。十二月上午的阳光……

但是有标语。标语留下来，标语贴在墙上，贴在日常生活里面。标语一天一天地变得更加切实，更加深刻：

我们坚决支援埃及人民。

公共汽车

去年，在公共汽车上，我的孩子问我：“小驴子有舅舅吗？”他在路上看到一只小驴子；他自己的舅舅前两天刚从桂林来，开了几天会，又走了。

今年，在公共汽车上，我的孩子告诉我：“这是洒水车，这是载重汽车，这是老吊车……我会画大卡车。我们托儿所有个小朋友，他画得棒极了，他什么都会画，他……”

我的孩子跟我说了不止一次了：“我长大了开公共汽车！”我想了一想，我没有意见。不过，这一来，每次上公共汽车，我就只好更得顺着他了。从前，一上公共汽车，我总是向后面看看，要是有座位，能坐一会也好嘛。他可不，一上来就往前面钻。钻到前面干什么呢？站在那里看司机叔叔开汽车。起先他问我为什么前面那个表旁边有两个扣子大的小灯，一个红的，一个黄的？为什么亮了——又慢慢地灭了？我以为他发生兴趣的也就是这两个小灯；后来，我发现并不是的，他对那两个小灯已经颇为冷淡了，但还是一样一上车就急忙往前面钻，站在那里看。我知道吸引住他的早就已经不是小红灯小黄灯，是人开汽车。我们曾经因为意见不同而发生过不愉快。有一两次因为我不很了解，没有尊重他的愿望，一上车就抱着他到后面去坐下了，及至发觉，则已经来不及了，前面已经堵得严严的，怎么也挤不过去了。于是他跟我吵了一路。“我说上前面，你定要到后面来！”——“你没有说呀！”——“我说了！我说了！”——他是没有说，不过他在心里是说了。“现在去也不行啦，这么多人！”——“刚才没有人！刚才没有人！”这以后，我就尊重他了，甭想再坐了。但是我“从思想里明确起来”，则还在他宣布了他的志愿以后。从此，一上车，我就立刻往右拐，几乎已经成了本能，简直比他还积极。有时前面人多，我也带着他往前挤：“劳驾，劳驾，我们这孩子，唉！要看开汽车，咳……”

开公共汽车。这实在也不坏。

开公共汽车，这是一桩复杂的，艰巨的工作。开公共汽车，这不是开普通的汽车。你知道，北京的公共汽车有多挤。在公共汽车上工作，这是对付人的工作，不是对付机器。

在北京的公共汽车上工作的，开车的，售票的，绝大部分是一些有本事的，精干的人。我看过很多司机，很多售票员。有一些，确乎是不好的。我看过一个面色苍白的，萎弱的售票员，他几乎一早上出车时就打不起精神来。他含含糊糊地，口齿不清地报着站名，吃力地点着钱，划着票；眼睛看也不看，带着淡淡的怨气呻吟着：“不下车的往后面走走，下面等车的人很多……”也有的司机，在车子到站，上客下客的时候就休息起来，或者看他手上的表，驾驶台后面的事他满不关心。但是我看过很多精力旺盛的，机敏灵活的，不知疲倦的售票员。我看到过一个长着浅浅的兜腮胡子和一对乌黑的大眼睛的角色，他在最挤的一趟车快要到达终点站的时候还是声若洪钟。一副配在最大的演出会上报幕的真正漂亮的嗓子。大声地说了那么多话而能一点不声嘶力竭，气急败坏，这不只是个嗓子的问题。我看到过一个家伙，他每次都能在一定的地方，用一定的速度报告下车之后到什么地方该换乘什么车，他的声音是比较固定的，但是保持着自然的语调高低，咬字准确清楚，没有像有些售票员一样把许多字音吃了，并且因为把两个字音搭起来变成一种特殊的声调，没有变成一种过分职业化的有点油气的说白，没有把这个工作变成一种仅具形式的玩弄——而且，每一次他都是恰好把最后一句话说完，车也就到了站，他就在最后一个字的尾音里拉开了车门，顺势弹跳下车。我看见过一个总是高高兴兴而又精细认真的小伙子。那是夏天，他穿一件背心，已经完全汗湿了而且弄得颇有点污脏了，但是他还是笑嘻嘻的。我看见他很亲切地请一位乘客起来，让一位怀孕的女同志坐，而那位女同志不坐，说她再有两站就下车了，“坐两站也好嘛！”她竟然坚持不坐，于是他只好无可奈何地笑一笑；车上的人也都很同情他的笑，包括那位刚刚站起来的乘客，这个座位终于只是空着，尽管车上并不是不挤。车上的人这时想到的不是自己要不要坐下，而是想的另外一类的事情。有那样的售票员，在看见有孕妇、老人、孩子上车的时候也说一声：“劳驾来，给孕妇、抱小孩的让个座吧！”说完了他就不管了。甚至有的说过了还急忙离孕妇老人远一点，躲开抱着孩子的母亲向他看着的眼睛，他怕真给找起座位来麻烦，怕遇到蛮横的乘客惹起争吵，他没有诚心，在困难面前退却了。他不。对于他所提出的给孕妇、老人、孩子让座的请求是不会有人拒绝，不会不乐意的，因为他确是在关心着老人、孕妇和孩子，不只是履行职务，他是要想尽办法使他们安全，使他们比较舒适的，不只是说两句话。他找起座位来总是比较顺利，用不了多少时候，所以耽误不了别的事。这不是很奇怪么？是的，了解一个人的品德并不很难，只要看看他的眼睛。我看见，在车里人比较少一点的时候，在他把票都卖完了的时候，他和一个学生模样的女孩子在闲谈，好像谈她的姨妈怎么怎么的，看起来，这女孩是他一个邻居。而当车快到站的时候，他立刻很自然地结束了谈话，扬声报告所到的站名和转乘车辆的路线，打开车门，稳健而灵活地跳下去。我看见，他的背心上印着字：一九五五年北京市公共汽车公司模范售票员；底下还有一个号码，很抱歉，我把它忘了。当时我是记住的，我以为我不会忘，可是我把它忘了。我对记数目字太没有本领了——是225？是不是？现在是六点一刻，他就要交班了。他到了家，洗一个澡，一定会换一身干干净净的，雪白的衬衫，还会去看一场电影。会的，他很愉快，他不感到十分疲倦。是和谁呢？是刚才车上那个女孩子么？这小伙子有一副招人喜欢的体态：文雅。多么漂亮，多有出息的小伙子！祝你幸福……

我看到过一个司机。就是跟那个苍白的，疲乏的售票员在一辆车上的司机。这是一个沉默寡言的，冷静的人，有四十多岁，一张瘦瘦的黑黑的脸，脸上没有什么表情。这个人，车是开得好的；在路上遇到什么人乱跑或者前面的自行车把不住方向，情况颇为紧急时，从不大惊小怪，不使得一车的人都急忙伸出头来往外看，也不大声呵斥骑车行路的人。这个人，一到站，就站起来，转身向后，偶尔也伸出手来指点一下："那位穿蓝制服的，你要到西单才下车，请你往后走走。拿皮包的那位同志，请你偏过身子来，让这位老太太下车，车下有一个孕妇，坐专座的同志，请你站起来。往后走，往后走，后面还有地方，还可以再往后走。"很奇怪，车上的人就在他的这样的简单的，平淡的话的指挥之下，变得服服帖帖，很有秩序。他从来不呼吁，不请求，不道"劳驾"，不说"上下班的时候，人多，大家挤挤！""大礼拜六的，谁不想早点回家呀，挤挤，挤挤，多上一个好一个！""外边下着雨，互相多照顾照顾吧，都上来了最好！""上不来了！后边车就来啦！我不愿意多上几个呀！我愿意都上来才好哩，也得挤得下呀！"他不说这些！这个人身上有一种奇特的东西，那就是：坚定、自信。我看了看车上钉着的"公共汽车司机售票员守则"，有一条，是"负责疏导乘客"，"疏导"，这两个字是谁想出来的？这实在很好，这用在他身上是再恰当也没有了。于此可见，语言，是得要从生活里来的。我再看看"公约"，"公约"的第一条是："热爱乘客。"我想了想，像他这样，是"热爱"吗？我想，是的，是热爱，这样的冷静，坚定，也是热爱，正如同那 225 号的小伙子的开朗的笑容是热爱一样……

人，是有各色各样的人的。

……我的孩子长大了要开公共汽车，我没有意见。

北京的秋花

桂花

桂花以多为胜。《红楼梦》薛蟠的老婆夏金桂家“单有几十顷地种桂花”，人称“桂花夏家”。“几十顷地种桂花”，真是一个大观！四川新都桂花甚多。杨升庵祠在桂湖，环湖植桂花，自山坡至水湄，层层叠叠，都是桂花。我到新都谒升庵祠，曾作诗：

桂湖老桂发新枝，
湖上升庵旧有祠。
一种风流谁得似，
状元词曲罪臣诗。

杨升庵是才子，以一甲一名中进士，著作有七十种。他因“议大礼”获罪，充军云南，七十余岁，客死于永昌。陈老莲曾画过他的像，“醉则簪花满头”，面色酡红，是喝醉了的样子。从陈老莲的画像看，升庵是个高个儿的胖子。但陈老莲恐怕是凭想象画的，未必即像升庵。新都人为他在桂湖建祠，升庵死若有知，亦当欣慰。

北京桂花不多，且无大树。颐和园有几棵，没有什么人注意。我曾在藻鉴堂小住，楼道里有两棵桂花，是种在盆里的，不到一人高！

我建议北京多种一点桂花。桂花美阴，叶坚厚，入冬不凋。开花极香浓，干制可以做元宵馅、年糕。既有观赏价值，也有经济价值，何乐而不为呢？

菊花

秋季广交会上摆了很多盆菊花。广交会结束了，菊花还没有完全开残。有一个日本商人问管理人员："这些花你们打算怎么处理？"答云："扔了！"——"别扔，我买。"他给了一点钱，把开得还正盛的菊花全部包了，订了一架飞机，把菊花从广州空运到日本，张贴了很大的海报："中国菊展"。卖门票，参观的人很多。他捞了一大笔钱。这件事叫我有两点感想：一是日本商人真有商业头脑，任何赚钱的机会都不放过，我们的管理人员是老爷，到手的钱也抓不住。二是中国的菊花好，能得到日本人的赞赏。

中国人长于艺菊，不知始于何年，全国有几个城市的菊花都负盛名，如扬州、镇江、合肥，黄河以北，当以北京为最。

菊花品种甚多，在众多的花卉中也许是最多的。

首先，有各种颜色。最初的菊大概只有黄色的。"鞠有黄华"、

“零落黄花满地金”，“黄华”和菊花是同义词。后来就发展到什么颜色都有了。黄色的、白色的、紫的、红的、粉的，都有。挪威的散文家别伦·别尔生说各种花里只有菊花有绿色的，也不尽然，牡丹、芍药、月季都有绿的，但像绿菊那样绿得像初新的嫩蚕豆那样，确乎是没有。我几年前回乡，在公园里看到一盆绿菊，花大盈尺。

其次，花瓣形状多样，有平瓣的、卷瓣的、管状瓣的。在镇江焦山见过一盆“十丈珠帘”，细长的管瓣下垂到地，说“十丈”当然不会，但三四尺是有的。

北京菊花和南方的差不多，狮子头、蟹爪、小鹅、金背大红……南北皆相似，有的连名字也相同。如一种浅红的瓣，极细而卷曲如一头乱发的，上海人叫它“懒梳妆”，北京人也叫它“懒梳妆”，因为得其神韵。

有些南方菊种北京少见。扬州人重“晓色”，谓其色如初日晓云，北京似没有。“十丈珠帘”，我在北京没见过。“枫叶芦花”，紫平瓣，有白色斑点，也没有见过。

我在北京见过的最好的菊花是在老舍先生家里。老舍先生每年要请北京市文联、文化局的干部到他家聚聚，一次是腊月，老舍先生的生日（我记得是腊月二十三）；一次是重阳节左右，赏菊。老舍先生的哥哥很会莳弄菊花。花很鲜艳；菜有北京特点（如芝麻酱炖黄花鱼、“盒子菜”）；酒“敞开供应”，既醉既饱，至今不忘。

我不赞成搞菊山菊海，让菊花都按部就班，排排坐，或挤成一堆，闹闹嚷嚷。菊花还是得一棵一棵地看，一朵一朵地看。更不赞成把菊花缚扎成龙、成狮子，这简直是糟蹋了菊花。

秋葵、鸡冠、凤仙、秋海棠

秋葵我在北京没有见过，想来是有的。秋葵是很好种的，在篱落、石缝间随便丢几个种子，即可开花。或不烦人种，也能自己开落。花瓣大，花浅黄，淡得近乎没有颜色，瓣有细脉，瓣内侧近花心处有紫色斑。秋葵风致楚楚，自甘寂寞。不知道为什么，秋葵让我想起女道士。秋葵亦名鸡脚葵，以其叶似鸡爪。

我在家乡县委招待所见一大丛鸡冠花，高过人头，花大如扫地笤帚，颜色深得吓人一跳。北京鸡冠花未见有如此之粗野者。

凤仙花可染指甲，故又名指甲花。凤仙花捣烂，少入矾，敷于指尖，即以凤仙叶裹之，隔一夜，指甲即红。凤仙花茎可长得很粗，湖南人或以入臭坛腌渍，以佐粥，味似臭苋菜杆。

秋海棠北京甚多，齐白石喜画之。齐白石所画，花梗颇长，这在我家那里叫作“灵芝海棠”。

诸花多为五瓣，惟秋海棠为四瓣。北京有银星海棠，大叶甚坚厚，上洒银星，干亦高壮，简直近似木本。我对这种孙二娘似的海棠不大感兴趣。我所不忘的秋海棠总是伶仃瘦弱的。

我的生母得了肺病，怕“过人”——传染别人，独自卧病，在一座偏房里，我们都叫那间小屋为“小房”。她不让人去看她，我的保姆要抱我去让她看看，她也不同意。因此我对我的母亲毫无印象。她死后，这间“小房”成了堆放她的嫁妆的储藏室，成年锁着。我的继母偶尔打开，取一两件东西，我也跟了进去。“小房”外面有一个小天井，靠墙有一个秋叶形的小花坛，不知道是谁种了两三棵秋海棠，也没有人管它，它在秋天竟也开花。花色苍白，样子很可怜。

不论在哪里，我每看到秋海棠，总要想起我的母亲。

黄栌、爬山虎

霜叶红于二月花。

西山红叶是黄栌，不是枫树。我觉得不妨种一点枫树，这样颜色更丰富些。日本枫娇红可爱，可以引进。

近年北京种了很多爬山虎，入秋，爬山虎叶转红。

沿街的爬山虎红了，北京的秋意浓了。

腊梅花

“雪花、冰花、腊梅花……”我的小孙女这一阵老是唱这首儿歌。其实她没有见过真的腊梅花，只是从我画的画上见过。

周紫芝《竹坡诗话》云：“东南之有腊梅，盖自近时始。余为儿童时，犹未之见。元祐间，鲁直诸公方有诗，前此未尝有赋此诗者。政和间，李端叔在姑溪，元夕见之僧舍中，尝作两绝，其后篇云：‘程氏园当尺五天，千金争赏凭朱栏。莫因今日家家有，便作寻常两等看。’观端叔此诗，可以知前日之未尝有也。”看他的意思，腊梅是从北方传到南方去的。但是据我的印象，现在倒是南方多，北方少见，尤其难见到长成大树的。我在颐和园藻鉴堂见过一棵，种在大花盆里，放在楼梯拐角处。因为不是开花的时候，绿叶披纷，没有人注意。和我一起住在藻鉴堂的几个搞剧本的同志，都不认识这是什么。

我的家乡有腊梅花的人家不少。我家的后园有四棵很大的腊梅。这四棵腊梅，从我记事的时候，就已经是那样大了。很可能是我的曾祖父在世的时候种的。这样大的腊梅，我以后在别处没有见过。主干有汤碗口粗细，并排种在一个砖砌的花台上。这四棵腊梅的花心是紫褐色的，按说这是名种，即所谓“檀心磬口”。腊梅有两种，一种是檀心的，一种是白心的。我的家乡偏重白心的，美其名曰：“冰心腊梅”，而将檀心的贬为“狗心腊梅”。腊梅和狗有什么关系呢？真是毫无道理！因为它是狗心的，我们也就不大看得起它。

不过凭良心说，腊梅是很好看的。其特点是花极多——这也是我们不太珍惜它的原因。物稀则贵，这样多的花，就没有什么稀罕了。每个枝条上都是花，无一空枝。而且长得很密，一朵挨着一朵，挤成了一串。这样大的四棵大腊梅，满树繁花，黄灿灿地吐向冬日的晴空，那样的热热闹闹，而又那样的安安静静，实在是一个不寻常的境界。不过我们已经司空见惯，每年都有一回。

每年腊月，我们都要折腊梅花。上树是我的事。腊梅木质疏松，枝条脆弱，上树是有点危险的。不过腊梅多枝杈，便于登踏，而且我年幼身轻，正是“一日上树能千回”的时候，从来也没有掉下来过。我的姐姐在下面指点着：“这枝，这枝！——哎，对了，对了！”我们要的是横斜旁出的几枝，这样的不蠢；要的是几朵半开，多数是骨朵的，这样可以在瓷瓶里养好几天——如果是全开的，几天就谢了。

下雪了，过年了。大年初一，我早早就起来，到后园选摘几枝全是骨朵的腊梅，把骨朵都剥下来，用极细的铜丝——这种铜丝是穿珠花用的，就叫作“花丝”，把这些骨朵穿成插鬓的花。我们县北门的城门口有一家穿珠花的铺子，我放学回家路过，总要钻进去看几个女工怎样穿珠花，我就用她们的办法穿成各式各样的腊梅珠花。我在这些腊梅珠子花当中嵌了几粒天竹果——我家后园的一角有一棵天竹。黄腊梅、红天竹，我到现在还很得意：那是真很好看的。我把这些腊梅珠花送给我的祖母，送给大伯母，送给我的继母。她们梳了头，就插戴起来。然后，互相拜年。我应该当一个工艺美术师的，写什么屁小说!

第二章

一茶一饭过一生

一个人的口味要宽一点、杂一点，“南甜北咸东辣西酸”，都去尝尝。对食物如此，对文化也应该这样。

五味

山西人真能吃醋！几个山西人在北京下饭馆，坐定之后，还没有点菜，先把醋瓶子拿过来，每人喝了三调羹醋。邻座的客人直瞪眼。有一年我到太原去，快过春节了。别处过春节，都供应一点好酒，太原的油盐店却都贴出一个条子："供应老陈醋，每户一斤。"这在山西人是大事。

山西人还爱吃酸菜，雁北尤甚。什么都拿来酸，除了萝卜白菜，还包括杨树叶子、榆树钱儿。有人来给姑娘说亲，当妈的先问，那家有几口酸菜缸。酸菜缸多，说明家底子厚。

辽宁人爱吃酸菜白肉火锅。

北京人吃羊肉酸菜汤下杂面。

福建人、广西人爱吃酸笋。我和贾平凹在南宁，不爱吃招待所的饭，到外面瞎吃。平凹一进门，就叫："老友面！""老友面"者，酸笋肉丝氽汤下面也，不知道为什么叫作："老友"。

傣族人也爱吃酸。酸笋炖鸡是名菜。

延庆山里夏天爱吃酸饭。把好好的饭焐酸了，用井拔凉水一和，呼呼地就下去了三碗。

都说苏州菜甜，其实苏州菜只是淡，真正甜的是无锡。无锡炒鳝糊放那么多糖！包子的肉馅里也放很多糖，没法吃！

四川夹沙肉用大片肥猪肉夹了洗沙蒸，广西芋头扣肉用大片肥猪肉夹芋泥蒸，都极甜，很好吃，但我最多只能吃两片。

广东人爱吃甜食。昆明金碧路有一家广东人开的甜品店，卖芝麻糊、绿豆沙，广东同学趋之若鹜。“番薯糖水”即用白薯切块熬的汤，这有什么好喝的呢？广东同学曰：“好！”

北方人不是不爱吃甜，只是过去糖难得。我家曾有老保姆，正定乡下人，六十多岁了。她还有个婆婆，八十几了。她有一次要回乡探亲，临行称了两斤白糖，说她的婆婆就爱喝个白糖水。

北京人很保守，过去不知苦瓜为何物，近年有人学会吃了。菜农也有种的了。农贸市场上有很好的苦瓜卖，属于“细菜”，价颇昂。

北京人过去不吃蕹菜，不吃木耳菜，近年也有人爱吃了。

北京人在口味上开放了！

北京人过去就知道吃大白菜。由此可见，大白菜主义是可以被打倒的。

北方人初春吃苣荬菜。苣荬菜分甜荬、苦荬，苦荬相当的苦。

有一个贵州的年轻女演员上我们剧团学戏，她的妈妈不远迢迢给她寄来一包东西，是“择耳根”，或名“则尔根”，即鱼腥草。她让我尝了几根。这是什么东西？苦，倒不要紧，它有一股强烈的生鱼腥味，实在招架不了！

剧团有一干部，是写字幕的，有时也管杂务。此人是个吃辣的专家。他每天中午饭不吃菜，吃辣椒下饭。全国各地的，少数民族的，各种辣椒，他都千方百计地弄来吃。剧团到上海演出，他帮助搞伙食，这下好，不会缺辣椒吃。原以为上海辣椒不好买，他下车第二天就找到一家专卖各种辣椒的铺子。上海人有一些是能吃辣的。

我的吃辣是在昆明练出来的，曾跟几个贵州同学在一起用青辣椒在火上烧烧，蘸盐水下酒。平生所吃辣椒之多矣，什么朝天椒、野山椒，都不在话下。我吃过最辣的辣椒是在越南。一九四七年，由越南转道往上海，在海防街头吃牛肉粉，牛肉极嫩，汤极鲜，辣椒极辣，一碗汤粉，放三四丝辣椒就辣得不行。这种辣椒的颜色是橘黄色的。在川北，听说有一种辣椒本身不能吃，用一根线吊在灶上，汤做得了，把辣椒在汤里涮涮，就辣得不得了。云南佤族有一种辣椒，叫“涮涮辣”，与川北吊在灶上的辣椒大概不相上下。

四川不能说是最能吃辣的省份，川菜的特点是辣且麻，——搁很多花椒。四川的小面馆的墙壁上黑漆大书三个字：麻辣烫。麻婆豆腐、干煸牛肉丝、棒棒鸡；不放花椒不行。花椒得是川椒，捣碎，菜做好了，最后再放。

周作人说他的家乡整年吃咸极了的咸菜和咸极了的咸鱼，浙东人确实吃得很咸。有个同学，是台州人，到铺子里吃包子，掰开包子就往里倒酱油。口味的咸淡和地域是有关系的。北京人说南甜北咸东辣西酸，大体不错。河北、东北人口重，福建菜多很淡。但这与个人的性格习惯也有关。湖北菜并不咸，但闻一多先生却嫌云南蒙自的菜太淡。

中国人过去对吃盐很讲究，如桃花盐、水晶盐，“吴盐胜雪”，现在则全国都吃再制精盐。只有四川人腌咸菜还坚持用自贡产的井盐。

我不知道世界上还有什么国家的人爱吃臭。

过去上海、南京、汉口都卖油炸臭豆腐干。长沙火宫殿的臭豆腐因为一个大人物年轻时常吃而出名。这位大人物后来还去吃过，说了一句话：“火宫殿的臭豆腐还是好吃。”“文化大革命”中火宫殿的影壁上就出现了两行大字：

最高指示：

火宫殿的臭豆腐还是好吃。

我们一个同志到南京出差，他的爱人是南京人，嘱咐他带一点臭豆腐干回来。他千方百计，居然办到了。带到火车上，引起一车厢的人强烈抗议。

除豆腐干外，面筋、百叶（千张）皆可臭。蔬菜里的莴苣、冬瓜、豇豆皆可臭。冬笋的老根咬不动，切下来随手就扔进臭坛子里。——我们那里很多人家都有个臭坛子，一坛子“臭卤”。腌芥菜挤下的汁放几天即成“臭卤”。臭物中最特殊的是臭苋菜杆。苋菜长老了，主茎可粗如拇指，高三四尺，截成二寸许小段，入臭坛。臭熟后，外皮是硬的，里面的芯成果冻状。噙住一头，一吸，芯肉即入口中。这是佐粥的无上妙品。我们那里叫作“苋菜秸子”，湖南人谓之“苋菜咕”，因为吸起来“咕”的一声。

北京人说的臭豆腐指臭豆腐乳。过去是小贩沿街叫卖的：“臭豆腐，酱豆腐，王致和的臭豆腐。”臭豆腐就贴饼子，熬一锅虾米皮白菜汤，好饭！现在王致和的臭豆腐用很大的玻璃方瓶装，很不方便，一瓶一百块，得很长时间才能吃完，而且卖得很贵，成了奢侈品。我很希望这种包装能改进，一器装五块足矣。

我在美国吃过最臭的“气死”（干酪），洋人多闻之掩鼻，对我说起来实在没有什么，比臭豆腐差远了。

甚矣，中国人口味之杂也，敢说堪为世界之冠。

豆汁儿

没有喝过豆汁儿，不算到过北京。

小时看京剧《豆汁记》（即《鸿鸾禧》，又名《金玉奴》，一名《棒打薄情郎》），不知“豆汁”为何物，以为即是豆腐浆。

到了北京，北京的老同学请我吃了烤鸭、烤肉、涮羊肉，问我：“你敢不敢喝豆汁儿？”我是个“有毛的不吃掸子，有腿的不吃板凳，大荤不吃死人，小荤不吃苍蝇”的，喝豆汁儿，有什么不“敢”？他带我去到一家小吃店，要了两碗，警告我说：“喝不了，就别喝。有很多人喝了一口就吐了。”我端起碗来，几口就喝完了。我那同学问：“怎么样？”我说：“再来一碗。”

豆汁儿是制造绿豆粉丝的下脚料，很便宜。过去卖生豆汁儿的，用小车推一个有盖的木桶，串背街、胡同。不用“唤头”（招徕顾客的响器），也不吆唤。因为每天串到哪里，大都有准时候。到时候，就有女人提了一个什么容器出来买。有了豆汁儿，这天吃窝头就可以不用熬稀粥了。这是贫民食物。《豆汁记》的金玉奴的父亲金松是“杆儿上的”（叫花头），所以家里有吃剩的豆汁儿，可以给莫稽盛一碗。

卖熟豆汁儿的，在街边支一个摊子。一口铜锅，锅里一锅豆汁，用小火熬着。熬豆汁儿只能用小火，火大了，豆汁儿一翻大泡，就“澥”了。豆汁儿摊上备有辣咸菜丝——水疙瘩切细丝浇辣椒油、烧饼、焦圈——类似油条，但做成圆圈，焦脆。卖力气的，走到摊边坐下，要几套烧饼焦圈，来两碗豆汁儿，就一点辣咸菜，就是一顿饭。

豆汁儿摊上的咸菜是不算钱的。有保定老乡坐下，掏出两个馒头，问“豆汁儿多少钱一碗”，卖豆汁儿的告诉他，“咸菜呢？”——“咸菜不要钱。”——“那给我来一碟咸菜。”

常喝豆汁儿，会上瘾。北京的穷人喝豆汁儿，有的阔人家也爱喝。梅兰芳家有一个时候，每天下午到外面端一锅豆汁儿，全家大小，一人喝一碗。豆汁儿是什么味儿？这可真没法说。这东西是绿豆发了酵的，有股子酸味。不爱喝的说是像泔水，酸臭。爱喝的说：别的东西不能有这个味儿——酸香！这就跟臭豆腐和启司一样，有人爱，有人不爱。

豆汁儿沉底，干糊糊的，是麻豆腐。羊尾巴油炒麻豆腐，加几个青豆嘴儿（刚出芽的青豆），极香。这家这天炒麻豆腐，煮饭时得多量一碗米，——每人的胃口都开了。

故乡的食物

炒米和焦屑

小时读《板桥家书》："天寒冰冻时暮，穷亲戚朋友到门，先泡一大碗炒米送手中，佐以酱姜一小碟，最是暖老温贫之具"，觉得很亲切。郑板桥是兴化人，我的家乡是高邮，风气相似。这样的感情，是外地人们不易领会的。炒米是各地都有的，但是很多地方都做成了炒米糖。这是很便宜的食品。孩子买了，咯咯地嚼着。四川有"炒米糖开水"，车站码头都有得卖，那是泡着吃的。但四川的炒米糖似也是专业的作坊做的，不像我们那里。我们那里也有炒米糖，像别处一样，切成长方形的一块一块。也有搓成圆球的，叫作"欢喜团"。那也是作坊里做的。但通常所说的炒米，是不加糖黏结的，是"散装"的；而且不是作坊里做出来，是自己家里炒的。

说是自己家里炒，其实是请了人来炒的。炒炒米也要点手艺，并不是人人都会的。入了冬，大概是过了冬至吧，有人背了一面大筛子，手执长柄的铁铲，大街小巷地走，这就是炒炒米的。有时带一个助手，多半是个半大孩子，是帮他烧火的。请到家里来，管一顿饭，给几个钱，炒一天。或二斗，或半石；像我们家人口多，一次得炒一石糯米。炒炒米都是把一年所需一次炒齐，没有零零碎碎炒的。过了这个季节，再找炒炒米的也找不着。一炒炒米，就让人觉得，快要过年了。

装炒米的坛子是固定的，这个坛子就叫“炒米坛子”，不作别的用途。舀炒米的东西也是固定的，一般人家大都是用一个香烟罐头。我的祖母用的是一个“柚子壳”。柚子，——我们那里柚子不多见，从顶上开一个洞，把里面的瓤掏出来，再塞上米糠，风干，就成了一个硬壳的钵状的东西。她用这个柚子壳用了一辈子。

我父亲有一个很怪的朋友，叫张仲陶。他很有学问，曾教我读过《项羽本纪》。他薄有田产，不治生业，整天在家研究易经，算卦。他算卦用蓍草。全城只有他一个人用蓍草算卦。据说他有几卦算得极灵。有一家，丢了一只金戒指，怀疑是女佣人偷了。这女佣人蒙了冤枉，来求张先生算一卦。张先生算了，说戒指没有丢，在你们家炒米坛盖子上。一找，果然。我小时就不大相信，算卦怎么能算得这样准，怎么能算得出在炒米坛盖子上呢？不过他的这一卦说明了一件事，即我们那里炒米坛子是几乎家家都有的。

炒米这东西实在说不上有什么好吃。家常预备，不过取其方便。用开水一泡，马上就可以吃。在没有什么东西好吃的时候，泡一碗，可代早晚茶。来了平常的客人，泡一碗，也算是点心。郑板桥说“穷亲戚朋友到门，先泡一大碗炒米送手中”，也是说其省事，比下一碗挂面还要简单。炒米是吃不饱人的。一大碗，其实没有多少东西。我们那里吃泡炒米，一般是抓上一把白糖，如板桥所说“佐以酱姜一小碟”，也有，少。我现在岁数大了，如有人请我吃泡炒米，我倒宁愿来一小碟酱生姜，——最好滴几滴香油，那倒是还有点意思的。另外还有一种吃法，用猪油煎两个嫩荷包蛋——我们那里叫作“蛋瘪子”，抓一把炒米和在一起吃。这种食品是只有“惯宝宝”才能吃得到的。谁家要是老给孩子吃这种东西，街坊就会有议论的。

我们那里还有一种可以急就的食品，叫作“焦屑”。煳锅巴磨成碎末，就是焦屑。我们那里，餐餐吃米饭，顿顿有锅巴。把饭铲出来，锅巴用小火烘焦，起出来，卷成一卷，存着。锅巴是不会坏的，不发馊，不长霉。攒够一定的数量，就用一具小石磨磨碎，放起来。焦屑也像炒米一样，用开水冲冲，就能吃了。焦屑调匀后成糊状，有点像北方的炒面，但比炒面爽口。

我们那里的人家预备炒米和焦屑，除了方便，原来还有一层意思，是应急。在不能正常煮饭时，可以用来充饥。这很有点像古代行军用的“糒”。有一年，记不得是哪一年，总之是我还小，还在上小学，党军（国民革命军）和联军（孙传芳的军队）在我们县境内开了仗，很多人都躲进了红十字会。不知道出于一种什么信念，大家都以为红十字会是哪一方的军队都不能打进去的，进了红十字会就安全了。红十字会设在炼阳观，这是一个道士观。我们一家带了一点行李进了炼阳观。祖母指挥着，特别关照，把一坛炒米和一坛焦屑带了去。我对这种打破常规的生活极感兴趣。晚上，爬到吕祖楼上去，看双方军队枪炮的火光在东北面不知什么地方一阵一阵地亮着，觉得有点紧张，也觉得好玩。很多人家住在一起，不能煮饭，这一晚上，我们是冲炒米、泡焦屑度过的。没有床铺，我把几个道士诵经用的蒲团拼起来，在上面睡了一夜。这实在是我小时候度过的一个浪漫主义的夜晚。

第二天，没事了，大家就都回家了。

炒米和焦屑和我家乡的贫穷和长期的动乱是有关系的。

端午的鸭蛋

家乡的端午，很多风俗和外地一样。

系百索子。五色的丝线拧成小绳，系在手腕上。丝线是掉色的，洗脸时沾了水，手腕上就印得红一道绿一道的。

做香角子。丝线缠成小粽子，里头装了香面，一个一个串起来，挂在帐钩上。

贴五毒。红纸剪成五毒，贴在门坎上。

贴符。这符是城隍庙送来的。城隍庙的老道士还是我的寄名干爹，他每年端午节前就派小道士送符来，还有两把小纸扇。符送来了，就贴在堂屋的门楣上。一尺来长的黄色、蓝色的纸条，上面用朱笔画些莫名其妙的道道，这就能辟邪么？

喝雄黄酒。用酒和的雄黄在孩子的额头上画一个王字，这是很多地方都有的。

有一个风俗不知别处有不：放黄烟子。黄烟子是大小如北方的麻雷子的炮仗，只是里面灌的不是硝药，而是雄黄。点着后不响，只是冒出一股黄烟，能冒好一会。把点着的黄烟子丢在橱柜下面，说是可以熏五毒。小孩子点了黄烟子，常把它的一头抵在板壁上写虎字。写黄烟虎字笔画不能断，所以我们那里的孩子都会写草书的“一笔虎”。

还有一个风俗，是端午节的午饭要吃“十二红”，就是十二道红颜色的菜。十二红里我只记得有炒红苋菜、油爆虾、咸鸭蛋，其余的都记不清，数不出了。也许十二红只是一个名目，不一定真凑足十二样。不过午饭的菜都是红的，这一点是我没有记错的，而且，苋菜、虾、鸭蛋，一定是有的。这三样，在我的家乡，都不贵，多数人家是吃得起的。

我的家乡是水乡。出鸭。高邮大麻鸭是著名的鸭种。鸭多，鸭蛋也多。高邮人也善于腌鸭蛋。高邮咸鸭蛋于是出了名。我在苏南、浙江，每逢有人问起我的籍贯，回答之后，对方就会肃然起敬：“哦！你们那里出咸鸭蛋！”上海的卖腌腊的店铺里也卖咸鸭蛋，必用纸条特别标明：“高邮咸蛋”。高邮还出双黄鸭蛋。别处鸭蛋有偶有双黄的，但不如高邮的多，可以成批输出。双黄鸭蛋味道其实无特别处。还不就是个鸭蛋！只是切开之后，里面圆圆的两个黄，使人惊奇不已。我对异乡人称道高邮鸭蛋，是不大高兴的，好像我们那穷地方就出鸭蛋似的！不过高邮的咸鸭蛋，确实是好，我走的地方不少，所食鸭蛋多矣，但和我家乡的完全不能相比！曾经沧海难为水，他乡咸鸭蛋，我实在瞧不上。袁枚的《随园食单·小菜单》有“腌蛋”一条。袁子才这个人我不喜欢，他的《食单》好些菜的做法是听来的，他自己并不会做菜。但是《腌蛋》这一条我看后却觉得很亲切，而且“与有荣焉”。文不长，录如下：

> 腌蛋以高邮为佳，颜色细而油多，高文端公最喜食之。席间，先夹取以敬客，放盘中。总宜切开带壳，黄白兼用；不可存黄去白，使味不全，油亦走散。

高邮咸蛋的特点是质细而油多。蛋白柔嫩，不似别处的发干、发粉，入口如嚼石灰。油多尤为别处所不及。鸭蛋的吃法，如袁子才所说，带壳切开，是一种，那是席间待客的办法。平常食用，一般都是敲破“空头”用筷子挖着吃。筷子头一扎下去，吱——红油就冒出来了。高邮咸蛋的黄是通红的。苏北有一道名菜，叫作“朱砂豆腐”，就是用高邮鸭蛋黄炒的豆腐。我在北京吃的咸鸭蛋，蛋黄是浅黄色的，这叫什么咸鸭蛋呢！

端午节，我们那里的孩子兴挂“鸭蛋络子”。头一天，就由姑姑或姐姐用彩色丝线打好了络子。端午一早，鸭蛋煮熟了，由孩子自己去挑一个，鸭蛋有什么可挑的呢！有！一要挑淡青壳的。鸭蛋壳有白的和淡青的两种。二要挑形状好看的。别说鸭蛋都是一样的，细看却不同。有的样子蠢，有的秀气。挑好了，装在络子里，挂在大襟的纽扣上。这有什么好看呢？然而它是孩子心爱的饰物。鸭蛋络子挂了多半天，什么时候孩子一高兴，就把络子里的鸭蛋掏出来，吃了。端午的鸭蛋，新腌不久，只有一点淡淡的咸味，白嘴吃也可以。

孩子吃鸭蛋是很小心的，除了敲去空头，不把蛋壳碰破。蛋黄蛋白吃光了，用清水把鸭蛋里面洗净，晚上捉了萤火虫来，装在蛋壳里，空头的地方糊一层薄罗。萤火虫在鸭蛋壳里一闪一闪地亮，好看极了！

小时读囊萤映雪的故事，觉得东晋的车胤用练囊盛了几十只萤火虫，照了读书，还不如用鸭蛋壳来装萤火虫。不过用萤火虫照亮来读书，而且一夜读到天亮，这能行么？车胤读的是手写的卷子，字大，若是读现在的新五号字，大概是不行的。

咸菜茨菇汤

一到下雪天，我们家就喝咸菜汤，不知是什么道理。是因为雪天买不到青菜？那也不见得。除非大雪三日，卖菜的出不了门，否则他们总还会上市卖菜的。这大概只是一种习惯。一早起来，看见飘雪花了，我就知道：今天中午是咸菜汤！

咸菜是青菜腌的。我们那里过去不种白菜，偶有卖的，叫作“黄芽菜”，是外地运去的，很名贵。一般黄芽菜炒肉丝，是上等菜。平常吃的，都是青菜，青菜似油菜，但高大得多。入秋，腌菜，这时青菜正肥。把青菜成担地买来，洗净，晾去水汽，下缸。一层菜，一层盐，码实，即成。随吃随取，可以一直吃到第二年春天。

腌了四五天的新咸菜很好吃，不咸，细、嫩、脆、甜，难可比拟。

咸菜汤是咸菜切碎了煮成的。到了下雪的天气，咸菜已经腌得很咸了，而且已经发酸，咸菜汤的颜色是暗绿的。没有吃惯的人，是不容易引起食欲的。

咸菜汤里有时加了茨菇片，那就是咸菜茨菇汤。或者叫茨菇咸菜汤，都可以。

我小时候对茨菇实在没有好感。这东西有一种苦味。民国二十年，我们家乡闹大水，各种作物减产，只有茨菇却丰收。那一年我吃了很多茨菇，而且是不去茨菇的嘴子的，真难吃。

我十九岁离乡，辗转漂流，三四十年没有吃到茨菇，并不想。

前好几年，春节后数日，我到沈从文老师家去拜年，他留我吃饭，师母张兆和炒了一盘茨菇肉片。沈先生吃了两片茨菇，说："这个好！格比土豆高。"我承认他这话。吃菜讲究"格"的高低，这种语言正是沈老师的语言。他是对什么事物都讲"格"的，包括对于茨菇、土豆。

因为久违，我对茨菇有了感情。前几年，北京的菜市场在春节前后有卖茨菇的。我见到，必要买一点回来加肉炒了。家里人都不怎么爱吃。所有的茨菇，都由我一个人"包圆儿"了。

北方人不识茨菇。我买茨菇，总会有人问我："这是什么？"——"茨菇。"——"茨菇是什么？"这可不好回答。

北京的茨菇卖得很贵，价钱和"洞子货"（温室所产）的西红柿、野鸡脖韭菜差不多。

我很想喝一碗咸菜茨菇汤。

我想念家乡的雪。

虎头鲨、昂嗤鱼、砗螯、螺蛳、蚬子

苏州人特重塘鳢鱼。上海人也是，一提起塘鳢鱼，眉飞色舞。塘鳢鱼是什么鱼？我向往之久矣。到苏州，曾想尝尝塘鳢鱼，未能如愿。后来我知道：塘鳢鱼就是虎头鲨，嗐！

塘鳢鱼亦称土步鱼。《随园食单》："杭州以土鱼为上品，而金陵人贱之，目为虎头蛇，可发一笑。"虎头蛇即虎头鲨。这种鱼样子不好看，而且有点凶恶。浑身紫褐色，有细碎黑斑，头大而多骨，鳍如蝶翅。这种鱼在我们那里也是贱鱼，是不能上席的。苏州人做塘鳢鱼有清炒、椒盐多法。我们家乡通常的吃法是氽汤，加醋、胡椒。虎头鲨氽汤，鱼肉极细嫩，松而不散，汤味极鲜，开胃。

昂嗤鱼的样子也很怪，头扁嘴阔，有点像鲇鱼，无鳞，皮色黄，有浅黑色的不规整的大斑。无背鳍，而背上有一根很硬的尖锐的骨刺。用手捏起这根骨刺，它就发出昂嗤昂嗤小小的声音。这声音是怎么发出来的，我一直没弄明白。这种鱼是由这种声音得名的。它的学名是什么，只有去问鱼类学专家了。这种鱼没有很大的，七八寸长的，就算难得的了。这种鱼也很贱，连乡下人也看不起。我的一个亲戚在农村插队，见到昂嗤鱼，买了一些，农民都笑他："买这种鱼干什么！"昂嗤鱼其实是很好吃的。昂嗤鱼通常也是氽汤。虎头鲨是醋汤，昂嗤鱼不加醋，汤白如牛乳，是所谓"奶汤"。昂嗤鱼也极细嫩，鳃边的两块蒜瓣肉有大拇指大，堪称至味。有一年，北京一家鱼店不知从哪里运来一些昂嗤鱼，无人问津。顾客都不识这是啥鱼。有一位卖鱼的老师傅倒知道："这是昂嗤。"我看到，高兴极了，买了十来条。回家一做，满不是那么一回事！昂嗤要吃活的（虎头鲨也是活杀）。长途转运，又在冷库里冰了一些日子，肉质变硬，鲜味全失，一点意思都没有！

砗螯，我的家乡叫馋螯，砗螯是扬州人的叫法。我在大连见到花蛤，我以为就是砗螯，不是。形状很相似，入口全不同。花蛤肉粗而硬，咬不动。砗螯极柔软细嫩。砗螯好像是淡水里产的，但味道却似海鲜。有点像蛎黄，但比蛎黄味道清爽，比青蛤、蚶子味厚。砗螯可清炒，烧豆腐，或与咸肉同煮。砗螯烧乌青菜（江南人叫塌苦菜），风味绝佳。乌青菜如是经霜而现拔的，尤美。我不食砗螯四十五年矣。

砗螯壳稍呈三角形，质坚，白如细瓷，而有各种颜色的弧形花斑，有浅紫的，有暗红的，有赭石、墨蓝的，很好看。家里买了砗螯，挖出砗螯肉，我们就从一堆砗螯壳里去挑选，挑到好的，洗净了留起来玩。砗螯壳的铰合部有两个突出的尖嘴子，把尖嘴子在糙石上磨磨，不一会就磨出两个小圆洞，含在嘴里吹，呜呜地响，且有细细颤音，如风吹窗纸。

螺蛳处处有之。我们家乡清明吃螺蛳，谓可以明目。用五香煮熟螺蛳，分给孩子，一人半碗，由他们自己用竹签挑着吃，孩子吃了螺蛳，用小竹弓把螺蛳壳射到屋顶上，喀啦喀啦地响。夏天"检漏"，瓦匠总要扫下好些螺蛳壳。这种小弓不作别的用处，就叫作螺蛳弓，我在小说《戴东匠》里对螺蛳弓有较详细的描写。

蚬子是我所见过的贝类里最小的了，只有一粒瓜子大。蚬子是剥了壳卖的。剥蚬子的人家附近堆了好多蚬子壳，像一个坟头。蚬子炒韭菜，很下饭。这种东西非常便宜，为小户人家的恩物。

有一年修运河堤。按工程规定，有一段堤面应铺碎石，包工的贪污了款子，在堤面铺了一层蚬子壳。前来检收的委员，坐在汽车里，向外一看，白花花的一片，还抽着雪茄烟，连说："很好！很好！"

我的家乡富水产。鱼之中名贵的是鳊鱼、白鱼（尤重翘嘴白）、鲇花鱼（即鳜鱼），谓之"鳊、白、鲇"。虾有青虾、白虾。蟹极肥。以无特点，故不及。

野鸭、鹌鹑、斑鸠、䴔

过去我们那里野鸭子很多。水乡，野鸭子自然多。秋冬之际，天上有时"过"野鸭子，黑乎乎的一大片，在地上可以听到它们鼓翅的声音，呼呼的，好像刮大风。野鸭子是枪打的（野鸭肉里常常有很细的铁砂子，吃时要小心），但打野鸭子的人自己不进城来卖。卖野鸭子有专门的摊子。有时卖鱼的也卖野鸭子，把一个养活鱼的木盆翻过来，野鸭一对一对地摆在盆底，卖野鸭子是不用秤约的，都是一对一对地卖。野鸭子是有一定分量的。依分量大小，有一定的名称，如"对鸭"、"八鸭"。哪一种有多大分量，我现在已经记不清了。卖野鸭子都是带毛的。卖野鸭子的可以代客当场去毛，拔野鸭毛是不能用开水烫的。野鸭子皮薄，一烫，皮就破了。干拔。卖野鸭子的把一只鸭子放入一个麻袋里，一手提鸭，一手拔毛，一会儿就拔净了。——放在麻袋里拔，是防止鸭毛飞散。代客拔毛，不另收费，卖野鸭子的只要那一点鸭毛。——野鸭毛是值钱的。

野鸭的吃法通常是切块红烧。清炖大概也可以吧，我没有吃过。野鸭子肉的特点是：细、酥，不像家鸭每每肉老。野鸭烧咸菜是我们那里的家常菜。里面的咸菜尤其是佐粥的妙品。

现在我们那里的野鸭子很少了。前几年我回乡一次，偶有，卖得很贵。原因据说是因为县里对各乡水利做了全面综合治理，过去的水荡子、荒滩少了，野鸭子无处栖息。而且，野鸭子过去是吃收割后遗撒在田里的谷粒的，现在收割得很干净，颗粒归仓，野鸭子没有什么可吃的，不来了。

鹌鹑是网捕的。我们那里吃鹌鹑的人家少，因为这东西只有由乡下的亲戚送来，市面上没有卖的。鹌鹑大都是用五香卤了吃。也有用油炸了的。鹌鹑能斗，但我们那里无斗鹌鹑的风气。

我看见过猎人打斑鸠，在我读初中的时候。午饭后，我到学校后面的野地里去玩。野地里有小河，有野蔷薇，有金黄色的茼蒿花，有苍耳（苍耳子有小钩刺，能挂在衣裤上，我们管它叫“万把钩”），有才抽穗的芦荻。在一片树林里，我发现一个猎人。我们那里猎人很少，我从来没有见过猎人，但是我一看见他，就知道：他是一个猎人。这个猎人给我一个非常猛厉的印象。他穿了一身黑，下面却缠了鲜红的绑腿。他很瘦。他的眼睛黑，而冷。他握着枪。他在干什么？树林上面飞过一只斑鸠。他在追逐这只斑鸠。斑鸠分明已经发现猎人了。它想逃脱。斑鸠飞到北面，在树上落一落，猎人一步一步往北走。斑鸠连忙往南面飞，猎人扬头看了一眼，斑鸠落定了，猎人又一步一步往南走，非常冷静。这是一场无声的，然而非常紧张的、坚持的较量。斑鸠来回飞，猎人来回走。我很奇怪，为什么斑鸠不往树林外面飞。这样几个来回，斑鸠慌了神了，它飞得不稳了，歪歪倒倒的，失去了原来均匀的节奏。忽然，砰，——枪声一响，斑鸠应声而落。猎人走过去，拾起斑鸠，看了看，装在猎袋里。他的眼睛很黑，很冷。

我在小说《异秉》里提到王二的熏烧摊子上，春天卖一种叫作“䴕”的野味。䴕这种东西我在别处没看见过。“䴕”这个字很多人也不认得。多数字典里不收。《辞海》里倒有这个字，标音为duò（又读 zhua）。zhua 与我乡读音较近，但我们那里是读入声的，这只有用国际音标才标得出来。即使用国际音标标出，不知道“短促急收藏”的北方人也是读不出来的。《辞海》“䴕”字条下注云“见䴕鸠”，似以为“䴕”即“䴕鸠”。而在“䴕鸠”条下注云：“鸟名。雉属。即‘沙鸡’。”这就不对了。沙鸡我是见过的，吃过的。内蒙古、张家口多出沙鸡。《尔雅·释鸟》郭璞注：“出北方沙漠地”，不错。北京冬季偶尔也有卖的。沙鸡嘴短而红，腿也短。我们那里的䴕却是水鸟，嘴长，腿也长。䴕的滋味和沙鸡有天渊之别。沙鸡肉较粗，略有酸味；䴕肉极细，非常香。我一辈子没有吃过比䴕更香的野味。

蒌蒿、枸杞、荠菜、马齿苋

小说《大淖记事》："春初水暖，沙洲上冒出很多紫红色的芦芽和灰绿色的蒌蒿，很快就是一片翠绿了。"我在书页下方加了一条注："蒌蒿是生于水边的野草，粗如笔管，有节，生狭长的小叶，初生二寸来高，叫作'蒌蒿薹子'，加肉炒食极清香。……"蒌蒿的蒌字，我小时不知怎么写，后来偶然看了一本什么书，才知道的。这个字音"吕"。我小学有一个同班同学，姓吕，我们就给他起了个外号，叫"蒌蒿薹子"（蒌蒿薹子家开了一爿糖坊，小学毕业后未升学，我们看见他坐在糖坊里当小老板，觉得很滑稽）。但我查了几本字典，"蒌"都音"楼"，我有点恍惚了。"楼"、"吕"一声之转。许多从"娄"的字都读"吕"，如"屡"、"缕"、"褛"……这本来无所谓，读"楼"读"吕"，关系不大。但字典上都说蒌蒿是蒿之一种，即白蒿，我却有点不以为然了。我小说里写的蒌蒿和蒿其实不相干。读苏东坡《惠崇春江晚景》诗："竹外桃花三两枝，春江水暖鸭先知。蒌蒿满地芦芽短，正是河豚欲上时。"此蒌蒿生于水边，与芦芽为伴，分明是我的家乡人所吃的蒌蒿，非白蒿。或者"即白蒿"的蒌蒿别是一种，未可知矣。深望懂诗、懂植物学，也懂吃的博雅君子有以教我。

我的小说注文中所说的"极清香"，很不具体。嗅觉和味觉是很难比方，无法具体的。昔人以为荔枝味似软枣，实在是风马牛不相及。我所谓"清香"，即食时如坐在河边闻到新涨的春水的气味。这是实话，并非故作玄言。

枸杞到处都有。开花后结长圆形的小浆果，即枸杞子。我们叫它“狗奶子”，形状颇像。本地产的枸杞子没有入药的，大概不如宁夏产的好。枸杞是多年生植物。春天，冒出嫩叶，即枸杞头。枸杞头是容易采到的。偶尔也有近城的乡村的女孩子采了，放在竹篮里叫卖：“枸杞头来！……”枸杞头可下油盐炒食；或用开水焯了，切碎，加香油、酱油、醋，凉拌了吃。那滋味，也只能说“极清香”。春天吃枸杞头，云可以清火，如北方人吃苣荬菜一样。

“三月三，荠菜花赛牡丹”。俗谓是日以荠菜花置灶上，则蚂蚁不上锅台。

北京也偶有荠菜卖。菜市上卖的是园子里种的，茎白叶大，颜色较野生者浅淡，无香气。农贸市场间有南方的老太太挑了野生的来卖，则又过于细瘦，如一团乱发，制熟后强硬扎嘴。总不如南方野生的有味。

江南人惯用荠菜包春卷，包馄饨，甚佳。我们家乡有用来包春卷的，用来包馄饨的没有，——我们家乡没有“菜肉馄饨”。一般是凉拌。荠菜焯熟剁碎，界首茶干切细丁，入虾米，同拌。这道菜是可以上酒席作凉菜的。酒席上的凉拌荠菜都用手抟成一座尖塔，临吃推倒。

马齿苋现在很少有人吃。古代这是相当重要的菜蔬。苋分人苋、马苋。人苋即今苋菜，马苋即马齿苋。我们祖母每于夏天摘肥嫩的马齿苋晾干，过年时作馅包包子。她是吃长斋的，这种包子只有她一个人吃。我有时从她的盘子里拿一个，蘸了香油吃，挺香。马齿苋有点淡淡的酸味。

马齿苋开花，花瓣如一小囊。我们有时捉了一个哑巴知了，——知了是应该会叫的，捉住一个哑巴，多么扫兴！于是就摘了两个马齿苋的花瓣套住它的眼睛，——马齿苋花瓣套知了眼睛正合适，一撒手，这知了就拼命往高处飞，一直飞到看不见！

三年自然灾害，我在张家口沙岭子吃过不少马齿苋。那时候，这是宝物！

肉食者不鄙

狮子头

狮子头是淮安菜。猪肉肥瘦各半，爱吃肥的亦可肥七瘦三，要“细切粗斩”，如石榴米大小（绞肉机绞的肉末不行），荸荠切碎，与肉末同拌，用手抟成招柑大的球，入油锅略炸，至外结薄壳，捞出，放进水锅中，加酱油、糖，慢火煮，煮至透味，收汤放入深腹大盘。

狮子头松而不散，入口即化，北方的“四喜丸子”不能与之相比。

周总理在淮安住过，会做狮子头，曾在重庆红岩八路军办事处做过一次，说：“多年不做了，来来来，尝尝！”想必做得很成功，因为语气中流露出得意。

我在淮安中学读过一个学期，食堂里有一次做狮子头，一大锅油，狮子头像炸麻团似的在油里翻滚，捞出，放在碗里上笼蒸，下衬白菜。一般狮子头多是红烧，食堂所做却是白汤，我觉最能存其本味。

镇江肴蹄

镇江肴蹄，盐渍，加硝，放大盆中，以巨大石块压之，至肥瘦肉都已板实，取出，煮熟，晾去水气，切厚片，装盘。瘦肉颜色殷红，肥肉白如羊脂玉，入口不腻。

吃肴肉，要蘸镇江醋，加嫩姜丝。

乳腐肉

乳腐肉是苏州松鹤楼的名菜，制法未详。我所做乳腐肉乃以意为之。猪肋肉一块，煮至六七成熟，捞出，俟冷，切大片，每片须带肉皮，肥瘦肉，用煮肉原汤入锅，红乳腐碾烂，加冰糖、黄酒，小火焖。乳腐肉嫩如豆腐，颜色红亮，下饭最宜。汤汁可蘸银丝卷。

腌笃鲜

上海菜。鲜肉和咸肉同炖，加扁尖笋。

东坡肉

浙江杭州、四川眉山，全国到处都有东坡肉。苏东坡爱吃猪肉，见于诗文。东坡肉其实就是红烧肉，功夫全在火候。先用猛火攻，大滚几开，即加作料，用微火慢炖，汤汁略起小泡即可。东坡论煮肉法，云须忌水，不得已时可以浓茶烈酒代之。完全不加水是不行的，会焦煳粘锅，但水不能多。要加大量黄酒。扬州炖肉，还要加一点高粱酒。加浓茶，我试过，也吃不出有什么特殊的味道。

传东坡有一首诗："无竹令人俗，无肉令人瘦，若要不俗与不瘦，除非天天笋烧肉。"未必可靠，但苏东坡有时是会写这种打油体的诗的。冬笋烧肉，是很好吃。我的大姑妈善做这道菜，我每次到姑妈家，她都做。

霉干菜烧肉

这是绍兴菜，全国各处皆有，但不似绍兴人三天两头就要吃一次，鲁迅一辈子大概都离不开霉干菜。《风波》里所写的蒸得乌黑的霉干菜很诱人，那大概是不放肉的。

黄鱼鲞烧肉

宁波人爱吃黄鱼鲞（黄鱼干）烧肉，广东人爱吃咸鱼烧肉，这都是外地人所不能理解的口味，其实这种搭配是很有道理的。近几年因为违法乱捕，黄鱼产量锐减，连新鲜黄鱼都很难吃到，更不用说黄鱼鲞了。

火腿

浙江金华火腿和云南宣威火腿风格不同。金华火腿味清，宣威火腿味重。

昆明过去火腿很多，哪一家饭铺里都能吃到火腿。昆明人爱吃肘棒的部位，横切成圆片，外裹一层薄皮，里面一圈肥肉，当中是瘦肉，叫作“金钱片腿”。正义路有一家火腿庄，专卖火腿，除了整只的、零切的火腿，还可以买到火腿脚爪、火腿油。火腿油炖豆腐很好吃。护国路原来有一家本地馆子，叫“东月楼”，有一道名菜“锅贴乌鱼”，乃以乌鱼片两片，中夹火腿一片，在平底铛上烙熟，味道之鲜美，难以形容。前年我到昆明去，向本地人问起东月楼，说是早就没有了，“锅贴乌鱼”遂成《广陵散》。

华山南路吉庆祥的火腿月饼，全国第一。一个重旧秤四两，名曰“四两砣”。吉庆祥还在，而且有了分号，所制四两砣不减当年。

腊肉

湖南人爱吃腊肉。农村人家杀了猪，大部分都腌了，挂在厨灶房梁上，烟熏成腊肉。我不怎样爱吃腊肉，有一次在长沙一家大饭店吃了一回蒸腊肉，这盘腊肉真叫好。通常的腊肉是条状，切片不成形，这盘腊肉却是切成颇大的整齐的方片，而且蒸得极烂，我没有想到腊肉能蒸得这样烂！入口香糯，真是难得。

夹沙肉·芋泥肉

夹沙肉和芋泥肉都是甜的，夹沙肉是川菜，芋泥肉是广西菜。厚膘豚肩肉，煮半熟，捞出，沥去汤，过油灼肉皮起泡，候冷，切大片，两片之间不切通，夹入豆沙，装碗笼蒸，蒸至四川人所说“烂而不烂”倒扣在盘里，上桌，是为夹沙肉。芋泥肉做法与夹沙肉相似，芋泥较豆沙尤为细腻，且有芋香，味较夹沙肉更胜一筹。

白肉火锅

白肉火锅是东北菜。其特点是肉片极薄，是把大块肉冻实了，用刨子刨出来的，故入锅一涮就熟，很嫩。白肉火锅用海蛎子（蚝）作锅底，加酸菜。

烤乳猪

烤乳猪原来各地都有，清代满汉餐席上必有这道菜，后来别处渐渐没有，只有广东一直盛行，大饭店或烧腊摊上的烤乳猪都很好。烤乳猪如果抹一点甜面酱卷薄饼吃，一定不亚于北京烤鸭。可惜广东人不大懂得吃饼，一般烤乳猪只作为冷盘。

四方食事

口味

“口之于味，有同嗜焉。”好吃的东西大家都爱吃。宴会上有烹大虾（得是极新鲜的），大都剩不下。但是也不尽然。羊肉是很好吃的。“羊大为美”。中国人吃羊肉的历史大概和这个民族的历史同样久远。中国羊肉的吃法很多，不能列举。我以为最好吃的是手把羊肉。维吾尔、哈萨克都有手把羊肉，但似以内蒙为最好。内蒙古很多盟旗都说他们那里的羊肉不膻，因为羊吃了草原上的野葱，生前已经自己把膻味解了。我以为不膻固好，膻亦无妨。我曾在达茂旗吃过“羊贝子”，即白煮全羊。整只羊放在锅里只煮四十五分钟（为了照顾远来的汉人客人，多煮了十五分钟，他们自己吃，只煮半小时），各人用刀割取自己中意的部位，蘸一点作料（原来只备一碗盐水，近年有了较多的作料）吃。羊肉带生，一刀切下去，会汪出一点血，但是鲜嫩无比。内蒙古人说，羊肉越煮越老，半熟的，才易消化，也能多吃。我几次到内蒙古，吃羊肉吃得非常过瘾。同行有一位女同志，不但不吃，连闻都不能闻。一走进食堂，闻到羊肉气味就想吐。她只好每顿用开水泡饭，吃咸菜，真是苦煞。全国不吃羊肉的人，不在少数。

“鱼羊为鲜”，有一位老同志是获鹿县人，是回民，他倒是吃羊肉的，但是一生不解何所谓鲜。他的爱人是南京人，动辄说“这个菜很鲜”，他说：“什么叫‘鲜’？我只知道什么东西吃着‘香’。”要解释什么是“鲜”，是困难的。我的家乡以为最能代表鲜味的是虾子。虾子冬笋、虾子豆腐羹，都很鲜。虾子放得太多，就会“鲜得连眉毛都掉了”的。我有个小孙女，很爱吃我配料煮的龙须挂面。有一次我放了虾子，她尝了一口，说“有股什么味”，不吃。

中国不少省份的人都爱吃辣椒。云、贵、川、黔、湘、赣。延边朝鲜族也极能吃辣。人说吃辣椒爱上火。井冈山人说：“辣子冇补（没有营养），两头受苦。”我认识一个演员，他一天不吃辣椒，就会便秘！我认识一个干部，他每天在机关吃午饭，什么菜也不吃，只带了一小饭盒油炸辣椒来，吃辣椒下饭。顿顿如此。此人真是个吃辣椒专家，全国各地的辣椒，都设法弄了来吃。据他的品评，认为土家族的最好。有一次他带了一饭盒来，让我尝尝，真是又辣又香。然而有人是不吃辣的。我曾随剧团到重庆体验生活。四川无菜不辣，有人实在受不了。有一个演员带了几个年轻的女演员去吃汤圆，一个唱老旦的演员进门就嚷嚷：“不要辣椒！”卖汤圆的白了她一眼：“汤圆没有放辣椒的！”

北方人爱吃生葱生蒜。山东人特爱吃葱，吃煎饼、锅盔，没有葱是不行的。有一个笑话：婆媳吵嘴，儿媳妇跳了井。儿子回来，婆婆说：“可了不得啦，你媳妇跳井啦！”儿子说：“不咋！”拿了一根葱在井口逛了一下，媳妇就上来了。山东大葱的确很好吃，葱白长至半尺，是甜的。江浙人不吃生葱蒜，做鱼肉时放葱，谓之“香葱”，实即北方的小葱。几根小葱，挽成一个疙瘩，叫作“葱结”。他们把大葱叫作“胡葱”，即做菜时也不大用。有一个著名女演员，不吃葱，她和大家一同去体验生活，菜都得给她单做。“文化大革命”斗她的时候，这成了一条罪状。北方人吃炸酱面，必须有几瓣蒜。在长影拍片时，有一天我起晚了，早饭已经开过，我到厨房里和几位炊事员一块吃。那天吃的是炸油饼，他们吃油饼就蒜。我说，“吃油饼哪有就蒜的！”一个河南籍的炊事员说：“嘿！你试试！”果然，“另一个味儿”。我前几年回家乡，接连吃了几天鸡鸭鱼虾，吃腻了，我跟家里人说：“给我下一碗阳春面，弄一碟葱、两头蒜来。”家里人看我生吃葱蒜，大为惊骇。

有些东西，本来不吃，吃吃也就习惯了。我曾经夸口，说我什么都吃，为此挨了两次捉弄。一次在家乡。我原来不吃芫荽（香菜），以为有臭虫味。一次，我家所开的中药铺请我去吃面，——那天是药王生日，铺中管事弄了一大碗凉拌芫荽，说：“你不是什么都吃吗？”我一咬牙吃了。从此，我就吃芫荽了。后来北地，每吃涮羊肉，调料里总要撒上大量芫荽。一次在昆明。苦瓜，我原来也是不吃的，——没有吃过。我们家乡有苦瓜，叫作癞葡萄，是放在瓷盘里看着玩，不吃的。有一位诗人请我下小馆子，他要了三个菜：凉拌苦瓜、炒苦瓜、苦瓜汤。他说：“你不是什么都吃吗？”从此，我就吃苦瓜了。北京人原来是不吃苦瓜的，近年也学会吃了。不过他们用凉水连“拔”三次，基本上不苦了，那还有什么意思！

有些东西，自己尽可不吃，但不要反对旁人吃。不要以为自己不吃的东西，谁吃，就是岂有此理。比如广东人吃蛇，吃龙虱；傣族人爱吃苦肠，即牛肠里没有完全消化的粪汁，蘸肉吃。这在广东人、傣族人，是没有什么奇怪的。他们爱吃，你管得着吗？不过有些东西，我也以为不吃为宜，比如炒肉芽——腐肉所生之蛆。

总之，一个人的口味要宽一点、杂一点，“南甜北咸东辣西酸”，都去尝尝。对食物如此，对文化也应该这样。

切脍

《论语·乡党》：“食不厌精，脍不厌细”，中国的切脍不知始于何时。孔子以“食”、“脍”对举，可见当时是相当普遍的。北魏贾思勰《齐民要术》提到切脍。唐人特重切脍，杜甫诗累见。宋代切脍之风亦盛。《东京梦华录·三月一日开金明池琼林苑》：“多垂钓之士，必于池苑所买牌子，方许捕鱼。游人得鱼，倍其价买之。临水斫脍，以荐芳樽，乃一时佳味也。”元代，关汉卿曾写过“望江楼中秋切脍”。明代切脍，也还是有的，但《金瓶梅》中未提及，很奇怪。《红楼梦》也没有提到。到了近代，很多人对切脍是怎么回事，都茫然了。

脍是什么？杜诗邵注：“鲙，即今之鱼生、肉生”。更多指鱼生，脍的繁体字是“鲙”，可知。

杜甫《阌乡姜七少府设鲙戏赠长歌》对切脍有较详细的描写。脍要切得极细，“脍不厌细”，杜诗亦云：“无声细下飞碎雪”。脍是切片还是切丝呢？段成式《酉阳杂俎·物革》云：“进士段硕常识南孝廉者，善斫脍，谷薄丝缕，轻可吹起。”看起来是片和丝都有的。切脍的鱼不能洗。杜诗云：“落砧何曾白纸湿”，邵注：“凡作鲙，以灰去血水，用纸以隔之”，大概是隔着一层纸用灰吸去鱼的血水。《齐民要术》：“切鲙不得洗，洗则鲙湿。”加什么佐料？一般是加葱的，杜诗：“有骨已剁觜春葱”。《内则》：“鲙，春用葱，夏用芥”。葱是葱花，不会是葱段。至于下不下盐或酱油，乃至酒、酢，则无从臆测，想来总得有点咸味，不会是淡吃。

切脍今无实物可验。杭州楼外楼解放前有名菜醋鱼带把。所谓“带把”，即将活草鱼的脊背上的肉剔下，切成极薄的片，浇好酱油，生吃。我以为这很近乎切脍。我在一九四七年春天曾吃过，极鲜美。这道菜听说现在已经没有了，不知是因为有碍卫生，还是厨师无此手艺了。

日本鱼生我未吃过。北京西四牌楼的朝鲜冷面馆卖过鱼生、肉生。北京乃切成一寸见方、厚约二分的鱼片，蘸极辣的作料吃。这与“谷薄丝缕”的切脍似不是一回事。

与切脍有关联的，是“生吃螃蟹活吃虾”。生螃蟹我未吃过，想来一定非常好吃。活虾我可吃得多了。前几年回乡，家乡人知道我爱吃“呛虾”，于是餐餐有呛虾。我们家乡的呛虾是用酒把白虾（青虾不宜生吃）“醉”死了的。解放前杭州楼外楼呛虾，是酒醉而不待其死，活虾盛于大盘中，上覆大碗，上桌揭碗，虾蹦得满桌，客人捉而食之。用广东话说，这才真是“生猛”。听说楼外楼现在也不卖呛虾了，惜哉！

下生蟹活虾一等的，是将虾蟹之属稍加腌制。宁波的梭子蟹是用盐腌过的，醉蟹、醉泥螺、醉蚶子、醉蛏鼻，都是用高粱酒“醉”过的。但这些都还是生的。因此，都很好吃。

我以为醉蟹是天下第一美味。家乡人贻我醉蟹一小坛。有天津客人来，特地为他剁了几只。他吃了一小块，问：“是生的？”就不敢再吃。

“生的”，为什么就不敢吃呢？法国人、俄罗斯人，吃牡蛎，都是生吃。我在纽约南海岸吃过鲜蚌，那绝对是生的，刚打上来的，而且什么作料都不搁，经我要求，服务员才给了一点胡椒粉。好吃么？好吃极了！

为什么“切脍”生鱼活虾好吃？曰：存其本味。

我以为“切脍”之风，可以恢复。如果觉得这不卫生，可以仿照纽约南海岸的办法：用“远红外”或什么东西处理一下，这样既不失本味，又无致病之虞。如果这样还觉得“硌硬”，吞不下，吞下要反出来，那完全是观念上的问题。当然，我也不主张普遍推广，可以满足少数老饕的欲望，“内部发行”。

河豚

阅报，江阴有人食河豚中毒，经解救，幸得不死。杨花扑面，节近清明，这使我想起，正是吃河豚的时候了。苏东坡诗：

竹外桃花三两枝，
春江水暖鸭先知。
蒌蒿满地芦芽短，
正是河豚欲上时。

梅圣俞诗：

河豚当此时，
贵不数鱼虾。

宋朝人是很爱吃河豚的，没有真河豚，就用了不知什么东西做出河豚的样子和味道，谓之“假河豚”，聊以过瘾，《东京梦华录》等书都有记载。

江阴当长江入海处不远，产河豚最多，也最好。每年春天，鱼市上有很多河豚卖。河豚的脾气很大，用小木棍捅捅它，它就把肚子鼓起来，再捅，再鼓，终至成了一个圆球。江阴河豚品种极多。我所就读的南菁中学的生物实验室里搜集了各种河豚，浸在装了福尔马林的玻璃器内。有的很大，有的小如金钱龟。颜色也各异，有带青绿色的，有白的，还有紫红的。这样齐全的河豚标本，大概只有江阴的中学才能搜集得到。

河豚有剧毒。我在读高中一年级时，江阴乡下出了一件命案，“谋杀亲夫”。“奸夫”、“淫妇”在游街示众后，同时枪决。毒死亲丈夫的东西，即是一条煮熟的河豚。因为是“花案”，那天街的两旁有很多人鹄立伫观。但是实在没有什么好看，奸夫淫妇都蠢而且丑，奸夫还是个黑脸的麻子。这样的命案，也只能出在江阴。

但是河豚很好吃，江南谚云：“拼死吃河豚”，豁出命去，也要吃，可见其味美。据说整治得法，是不会中毒的。我的几个同学都曾约定请我上家里吃一次河豚，说是“保证不会出问题”。江阴正街上有一饭馆，是卖河豚的。这家饭馆有一块祖传的木板，刷印保单，内容是如果在他家铺里吃河豚中毒致死，主人可以偿命。

河豚之毒在肝脏、生殖腺和血，这些可以小心地去掉。这种办法有例可援，即“洁本《金瓶梅》”是。

我在江阴读书两年，竟未吃过河豚，至今引为憾事。

野菜

春天了，是挖野菜的时候了。踏青挑菜，是很好的风俗。人在屋里闷了一冬天，尤其是妇女，到野地里活动活动，呼吸一点新鲜空气，看看新鲜的绿色，身心一快。

南方的野菜，有枸杞、荠菜、马兰头……北方野菜则主要的是苣荬菜。枸杞、荠菜、马兰头用开水焯过，加酱油、醋、香油凉拌。苣荬菜则是洗净，去根，蘸甜面酱生吃。或曰吃野菜可以“清火”，有一定道理。野菜多半带一点苦味，凡苦味菜，皆可清火。但是更重要的是吃个新鲜。有诗人说："这是吃春天"，这话说得有点做作，但也还说得过去。

敦煌变文、《云谣集杂曲子》、打枣杆、挂枝儿、吴歌，乃至《白雪遗音》等等，是野菜。因为它新鲜。

家常酒菜

家常酒菜，一要有点新意，二要省钱，三要省事。偶有客来，酒渴思饮。主人卷袖下厨，一面切葱姜，调佐料，一面仍可陪客人聊天，显得从容不迫，若无其事，方有意思。如果主人手忙脚乱，客人坐立不安，这酒还喝个什么劲！

拌菠菜

拌菠菜是北京大酒缸最便宜的酒菜。菠菜焯熟，切为寸段，加一勺芝麻酱、蒜汁，或要芥末，随意。过去（一九四八年以前）才三分钱一碟。现在北京的大酒缸已经没有了。

我做的拌菠菜稍为细致。菠菜洗净，去根，在开水锅中焯至八成熟（不可盖锅煮烂），捞出，过凉水，加一点盐，剁成菜泥，挤去菜汁，以手在盘中抟成宝塔状。先碎切香干（北方无香干，可以熏干代），如米粒大，泡好虾米，切姜末、青蒜末。香干末、虾米、姜末、青蒜末，手捏紧，分层堆在菠菜泥上，如宝塔顶。好酱油、香醋、小磨香油及少许味精在小碗中调好。菠菜上桌，将调料轻轻自塔顶淋下。吃时将宝塔推倒，诸料拌匀。

这是我的家乡制拌枸杞头、拌荠菜的办法。北京枸杞头不入馔，荠菜不香。无可奈何，代以菠菜。亦佳。清馋酒客，不妨一试。

拌萝卜丝

小红水萝卜，南方叫“杨花萝卜”，因为是杨花飘时上市的。洗净，去根须，不可去皮。斜切成薄片，再切为细丝，愈细愈好。加少糖，略腌，即可装盘，轻红嫩白，颜色可爱。扬州有一种菊花，即叫“萝卜丝”。临吃，浇以三合油（酱油、醋、香油）。

或加少量海蜇皮细丝同拌，尤佳。

家乡童谣曰：“人之初，鼻涕拖，油炒饭，拌萝菠”，可见其普遍。

若无小水萝卜，可以心里美或卫青代，但不如杨花萝卜细嫩。

干丝

干丝是扬州菜。北方买不到扬州那种质地紧密，可以片薄片、切细丝的方豆腐干，可以豆腐片代。但须选色白，质紧，片薄者。切极细丝，以凉水拔二三次，去盐卤味及豆腥气。

拌干丝，拔后的豆腐片细丝入沸水中煮两三开，捞出，沥去水，置浅汤碗中。青蒜切寸段，略焯，虾米发透，并堆置豆腐丝上。五香花生米搓去皮膜，撒在周围。好酱油、小磨香油、醋（少量），淋入，拌匀。

煮干丝。鸡汤或骨头汤煮。若无鸡汤骨汤，用高压锅煮几片肥瘦肉取汤亦可，但必须有荤汤，加火腿丝、鸡丝。亦可少加冬菇丝、笋丝。或入虾仁、干贝，均无不可。欲汤白者入盐。或稍加酱油（万不可多），少量白糖，则汤色微红。拌干丝宜素，要清爽；煮干丝则不厌浓厚。

无论拌干丝，煮干丝，都要加姜丝，多多益善。

扦瓜皮

黄瓜（不太老即可）切成寸段，用水果刀从外至内旋成薄条，如带，成卷。剩下带籽的瓜心不用，酱油、糖、花椒、大料、桂皮、胡椒（破粒）、干红辣椒（整个）、味精、料酒（不可缺）调匀。将扦好的瓜皮投入料汁，不时以筷子翻动，使瓜皮沾透料汁，腌约一小时，取出瓜皮装盘。先装中心，然后以瓜皮面朝外，层层码好，如一小馒头，仍以所余料汁自馒头顶淋下。扦瓜皮极脆，嚼之有声，诸味均透，仍有瓜香。此法得之海拉尔一曾治过国宴的厨师。一盘瓜皮，所费不过四五角钱耳。

炒苞谷

昆明菜。苞谷即玉米。嫩玉米剥出粒，与瘦猪肉同炒，少放盐。

略用葱花煸锅亦可，但葱花不能煸得过老，如成黑色，即不美观。不宜用酱油，酱油会掩盖苞谷的清香。起锅时可稍烹水，但不能多，多则成煮苞谷矣！我到菜市买玉米，挑嫩的，别人都很奇怪：“挑嫩的干什么？”——“炒肉。”——“玉米能炒了吃？”北京人真是少见多怪。

松花蛋拌豆腐

北豆腐入开水焯过，俟冷，切为小骰子块，加少许盐。松花蛋（要腌得较老的），亦切为骰子块，与豆腐同拌。老姜在蒜臼中捣烂，加水，滗去渣，淋入。不宜用姜米，亦不加醋。

芝麻酱拌腰片

拌腰片要领：一、先不要去腰臊，只用快刀两面平片，剩下腰臊即可扔掉。如先将腰子平剖两半，剥出腰臊，再用平刀片，则腰片易残破不整。二、腰片须用凉水拔，频频换水，至腰片血水排净，方可用。三、焯腰片要锅大水多。等水大开，将腰片推下，旋即用笊篱抄出，不可等腰片复开。将第一次焯腰片的水泼去，洗净锅，再坐锅，水大开，将焯过一次的腰片投入再焯，旋即捞出，放凉水盆中。两次焯，则腰片已熟，而仍脆嫩。如一次焯，待腰片大开，即成煮矣。腰片凉透，挤去水，入盘，浇以芝麻酱、剁碎的郫县豆瓣、葱末、姜米、蒜泥。

拌里脊片

以四川制水煮牛肉法制猪肉，亦可。里脊或通脊斜切薄片，以芡粉抓过。烧开水一锅，投入肉片，以筷篱翻拢，至肉片变色，即可捞出，加调料。如热吃，即可倾入水煮牛肉的调料：郫县豆瓣（剁碎）炒至出香味，加酱油、少量糖、料酒。最后撒碾碎的生花椒、芝麻。

焯过肉的汤，撇去浮沫，可做一个紫菜汤。

塞馅回锅油条

油条两股拆开，切成寸半长的小段。拌好猪肉（肥瘦各半）馅。馅中加盐、葱花、姜末。如加少量榨菜末或酱瓜末、川冬菜末，亦可。用手指将油条小段的窟窿捅通，将肉馅塞入，逐段下油锅炸至油条挺硬，肉馅已熟，捞出装盘。此菜嚼之酥脆，油条中有矾，略有涩味，比炸春卷味道好。

这道菜是本人首创，为任何菜谱所不载。很多菜都是馋人瞎捉摸出来的。

其他酒菜

凤尾鱼、广东香肠，市上可以买到；茶叶蛋、油炸花生米、五香煮栗子、煮毛豆，人人会做；盐水鸭、水晶肘子，做起来太费事，皆不及。

萝卜

杨花萝卜即北京的小水萝卜。因为是杨花飞舞时上市卖的，我的家乡名之曰：“杨花萝卜”。这个名称很富于季节感。我家不远的街口一家茶食店的屋下有一个岁数大的女人摆一个小摊子，卖供孩子食用的便宜的零吃。杨花萝卜下来的时候，卖萝卜。萝卜一把一把地码着。她不时用炊帚洒一点水，萝卜总是鲜红的。给她一个铜板，她就用小刀切下三四根萝卜。萝卜极脆嫩，有甜味，富水分。自离家乡后，我没有吃过这样好吃的萝卜。或者不如说自我长大后没有吃过这样好吃的萝卜。小时候吃的东西都是最好吃的。

除了生嚼，杨花萝卜也能拌萝卜丝。萝卜斜切的薄片，再切为细丝，加酱油、醋、香油略拌，撒一点青蒜，极开胃。小孩子的顺口溜唱道：

人之初，
鼻涕拖；
油炒饭，

拌萝菠[①]。

油炒饭加一点葱花，在农村算是美食，佐以拌萝卜丝一碟，吃起来是很香的。

萝卜丝与细切的海蜇皮同拌，在我的家乡是上酒席的，与香干拌荠菜、盐水虾、松花蛋同为凉碟。

北京的拍水萝卜也不错，但宜少入白糖。

北京人用水萝卜切片，氽羊肉汤，味鲜而清淡。

烧小萝卜，来北京前我没有吃过（我的家乡杨花萝卜没有熟吃的），很好。有一位台湾女作家来北京，要我亲自做一顿饭请她吃。我给她做了几个菜，其中一个是烧小萝卜。她吃了赞不绝口。那当然是不难吃的；那两天正是小萝卜最好的时候，都长足了，但还很嫩，不糠；而且我是用干贝烧的。她说台湾没有这种小萝卜。

我们家乡有一种穿心红萝卜，粗如黄酒盏，长可三四寸，外皮深紫红色，里面的肉有放射形的紫红纹，紫白相间，若是横切开来，正如中药里的槟榔片（卖时都是直切），当中一线贯通，色极深，故名穿心红。卖穿心红萝卜的挑担，与山芋（红薯）同卖，山芋切厚片。都是生吃。

紫萝卜不大，大的如一个大衣扣子，扁圆形，皮色乌紫。据说这是五倍子染的。看来不是本色，因为它掉色，吃了，嘴唇牙肉也是乌

---

① 我的家乡称萝卜为萝菠。

紫乌紫的。里面的肉却是嫩白的。这种萝卜非本地所产，产在泰州。每年秋末，就有泰州人来卖紫萝卜，都是女的，挎一个柳条篮子，沿街吆喝："紫萝——卜！"

我在淮安第一回吃到青萝卜。曾在淮安中学借读过一个学期，一到星期日，就买了七八个青萝卜，一堆花生，几个同学，尽情吃一顿。后来我到天津吃过青萝卜，觉得淮安青萝卜比天津的好。大抵一种东西第一回吃，总是最好的。

天津吃萝卜是一种风气。五十年代初，我到天津，一个同学的父亲请我们到天华景听曲艺。座位之前有一溜长案，摆得满满的，除了茶壶茶碗，瓜子花生米碟子，还有几大盘切成薄片的青萝卜。听"玩艺儿"吃萝卜，此风为别处所无。天津谚云："吃了萝卜喝热茶，气得大夫满街爬"，吃萝卜喝茶，此风亦为别处所无。

心里美萝卜是北京特色。一九四八年冬天，我到了北京，街头巷尾，每听到吆喝："哎——萝卜，赛梨来——辣来换……"声音高亮打远。看来在北京做小买卖的，都得有条好嗓子。卖"萝卜赛梨"的，萝卜都是一个一个挑选过的，用手指头一弹，当当的；一刀切下去，咔嚓嚓地响。

我在张家口沙岭子劳动，曾参加过收心里美萝卜。张家口土质于萝卜相宜，心里美皆甚大。收萝卜时是可以随便吃的。和我一起收萝卜的农业工人起出一个萝卜，看一看，不怎么样的，随手就扔进了大堆。一看，这个不错，往地下一扔，叭嚓，裂成了几瓣，"行！"于是各拿一块啃起来，甜，脆，多汁，难可名状。他们说："吃萝卜，讲究吃‘棒打萝卜’。”

张家口的白萝卜也很大。我参加过张家口地区农业展览会的布置工作，送展的白萝卜都特大。白萝卜有象牙白和露八分。露八分即八分露出土面，露出土面部分外皮淡绿色。

我的家乡无此大白萝卜，只是粗如小儿臂而已。家乡吃萝卜只是红烧，或素烧，或与臀尖肉同烧。

江南人特重白萝卜炖汤，常与排骨或猪肉同炖。白萝卜耐久炖，久则出味。或入淡菜，味尤厚。沙汀《淘金记》写么吵吵每天用牙巴骨炖白萝卜，吃得一家脸上都是油光光的。天天吃是不行的，隔几天吃一次，想亦不恶。

四川人用白萝卜炖牛肉，甚佳。

扬州人、广东人制萝卜丝饼，极妙。北京东华门大街曾有外地人制萝卜丝饼，生意极好。此人后来不见了。

北京人炒萝卜条，是家常下饭菜。或入酱炒，则为南方人所不喜。

白萝卜最能消食通气。我们在湖南体验生活，有位领导同志，接连五天大便不通，吃了各种药都不见效，憋得他难受得不行。后来生吃了几个大白萝卜，一下子畅通了。奇效如此，若非亲见，很难相信。

萝卜是腌制咸菜的重要原料。我们那里，几乎家家都要腌萝卜干。腌萝卜干的是红皮圆萝卜。切萝卜时全家大小一齐动手。孩子切萝卜，觉得这个一定很甜，尝一瓣，甜，就放在一边，自己吃。切一天萝卜，每个孩子肚子里都装了不少。萝卜干盐渍后须在芦席上摊晒，水汽干后，入缸，压紧、封实，一两月后取食。我们那里说在商店学徒（学生意）要“吃三年萝卜干饭”，谓油水少也。学徒不到三年零一节，不满师，吃饭须自觉，筷子不能往荤菜盘里伸。

扬州一带酱园里卖萝卜头，乃甜面酱所腌，口感甚佳。孩子们爱吃，一半也因为它的形状很好玩，圆圆的，比一个鸽子蛋略大。此北地所无，天源、六必居都没有。

北京有小酱萝卜，佐粥甚佳。大腌萝卜咸得发苦，不好吃。

四川泡菜什么萝卜都可以泡，红萝卜、白萝卜。

湖南桑植卖泡萝卜。走几步，就有个卖泡萝卜的摊子。萝卜切成大片，泡在广口玻璃瓶里，给毛把钱即可得一片，边走边吃。峨眉山道边也有卖泡萝卜的，一面涂了一层稀酱。

萝卜原产中国，所以中国的为最好。有春萝卜、夏萝卜、秋萝卜、四季萝卜，一年到头都有。可生食、煮食、腌制。萝卜所惠于中国人者亦大矣。美国有小红萝卜，大如元宵，皮色鲜红可爱，吃起来则淡而无味，异域得此，聊胜于无。爱伦堡小说写几个艺术家吃奶油蘸萝卜，喝伏特加，不知是不是这种红萝卜。我在爱荷华南朝鲜人开的菜铺的仓库里看到一堆心里美，大喜。买回来一吃，味道满不对，形似而已。日本人爱吃萝卜，好像是煮熟蘸酱吃的。

第三章

生活，是很好玩的

人活着，就得有点兴致。我不会下棋，不爱打扑克、打麻将，偶尔喝了两杯酒，一时兴起，便裁出一张宣纸，随意画两笔。所画多是“芳春”——对生活的喜悦。

跑警报

西南联大有一位历史系的教授，——听说是雷海宗先生，他开的一门课因为讲授多年，已经背得很熟，上课前无需准备；下课了，讲到哪里算哪里，他自己也不记得。每回上课，都要先问学生："我上次讲到哪里了？"然后就滔滔不绝地接着讲下去。班上有个女同学，笔记记得最详细，一句话不落。雷先生有一次问她："我上一课最后说的是什么？"这位女同学打开笔记来，看了看，说："您上次最后说：'现在已经有空袭警报，我们下课。'"

这个故事说明昆明警报之多。我刚到昆明的头两年，一九三九年、一九四〇年，三天两头有警报。有时每天都有，甚至一天有两次。昆明那时几乎说不上有空防力量，日本飞机想什么时候来就来。有时竟至在头一天广播：明天将有二十七架飞机来昆明轰炸。日本的空军指挥部还真言而有信，说来准来！

一有警报，别无他法，大家就都往郊外跑，叫作"跑警报"。"跑"和"警报"联在一起，构成一个语词，细想一下，是有些奇特的，因为所跑的并不是警报。这不像"跑马""跑生意"那样通顺。但是大家就这么叫了，谁都懂，而且觉得很合适。也有叫"逃警报"或"躲警报”的，都不如“跑警报”准确。“躲”，太消极；“逃”又太狼狈。唯有这个“跑”字于紧张中透出从容，最有风度，也最能表达丰富生动的内容。

有一个姓马的同学最善于跑警报。他早起看天，只要是万里无云，不管有无警报，他就背了一壶水，带点吃的，夹着一卷温飞卿或李商隐的诗，向郊外走去。直到太阳偏西，估计日本飞机不会来了，才慢慢地回来。这样的人不多。

警报有三种。如果在四十多年前向人介绍警报有几种，会被认为有“神经病”，这是谁都知道的。然而对今天的青年，却是一项新的课题。一曰“预行警报”。

联大有一个姓侯的同学，原系航校学生，因为反应迟钝，被淘汰下来，读了联大的哲学心理系。此人对于航空旧情不忘，曾用黄色的“标语纸”贴出巨幅“广告”，举行学术报告，题曰《防空常识》。他不知道为什么对“警报”特别敏感。他正在听课，忽然跑了出去，站在“新校舍”的南北通道上，扯起嗓子大声喊叫：“现在有预行警报，五华山挂了三个红球！”可不！抬头望南一看，五华山果然挂起了三个很大的红球。五华山是昆明的制高点，红球挂出，全市皆见。我们一直很奇怪：他在教室里，正在听讲，怎么会“感觉”到五华山挂了红球呢？——教室的门窗并不都正对五华山。

一有预行警报，市里的人就开始向郊外移动。住在翠湖迤北的，多半出北门或大西门，出大西门的似尤多。大西门外，越过联大新校门前的公路，有一条由南向北的用浑圆的石块铺成的宽可五六尺的小路。这条路据说是驿道，一直可以通到滇西。路在山沟里。平常走的人不多。常见的是驮着盐巴、碗糖或其他货物的马帮走过。赶马的马锅头侧身坐在木鞍上，从齿缝里咝咝地吹出口哨（马锅头吹口哨都是这种吹法，没有撮唇而吹的），或低声唱着呈贡“调子”：

哥那个在至高山那个放呀放放牛，
妹那个在至花园那个梳那个梳梳头。
哥那个在至高山那个招呀招招手，
妹那个在至花园点那个点点头。

这些走长道的马锅头有他们的特殊装束。他们的短褂外部套了一件白色的羊皮背心，脑后挂着漆布的凉帽，脚下是一双厚牛皮底的草鞋状的凉鞋，鞋帮上大都绣了花，还钉着亮晶晶的“鬼眨眼”亮片。——这种鞋似只有马锅头穿，我没见从事别种行业的人穿过。马锅头押着马帮，从这条斜阳古道上走过，马项铃哗棱哗棱地响，很有点浪漫主义的味道，有时会引起远客的游子一点淡淡的乡愁……

有了预行警报，这条古驿道就热闹起来了。从不同方向来的人都涌向这里，形成了一条人河。走出一截，离市较远了，就分散到古道两旁的山野，各自寻找一个合适的地方待下来，心平气和地等着，——等空袭警报。

联大的学生见到预行警报，一般是不跑的，都要等听到空袭警报：

汽笛声一短一长，才动身。新校舍北边围墙上有一个后门，出了门，过铁道（这条铁道不知起讫地点，从来也没见有火车通过），就是山野了。要走，完全来得及。——所以雷先生才会说“现在已经有空袭警报”。只有预行警报，联大师生一般都是照常上课的。

跑警报大都没有准地点，漫山遍野。但人也有习惯性，跑惯了哪里，愿意上哪里。大多是找一个坟头，这样可以靠靠。昆明的坟多有碑，碑上除了刻下坟主的名讳，还刻出“× 山 × 向”，并开出坟茔的“四至”。这风俗我在别处还未见过。这大概也是一种古风。

说是漫山遍野，但也有几个比较集中的“点”。古驿道的一侧，靠近语言研究所资料馆不远，有一片马尾松林，就是一个点。这地方除了离学校近，有一片碧绿的马尾松，树下一层厚厚的干了的松毛，很软和，空气好，——马尾松挥发出很重的松脂气味，晒着从松枝间漏下的阳光，或仰面看松树上面的蓝得要滴下来的天空，都极舒适外，是因为这里还可以买到各种零吃。昆明做小买卖的，有了警报，就把担子挑到郊外来了。五味俱全，什么都有。最常见的是“丁丁糖”。“丁丁糖”即麦芽糖，也就是北京人祭灶用的关东糖，不过做成一个直径一尺多，厚可一寸许的大糖饼，放在四方的木盘上，有人掏钱要买，糖贩即用一个刨刃形的铁片楔入糖边，然后用一个小小的铁锤，一击铁片，丁的一声，一块糖就震裂下来了，——所以叫作“丁丁糖”。其次是炒松子。昆明松子极多，个大皮薄仁饱，很香，也很便宜。我们有时能在松树下面捡到一个很大的成熟了的生的松球，就掰开鳞瓣，一颗一颗地吃起来。——那时候，我们的牙都很好，那么硬的松子壳，一嗑就开了！

另一个集中点比较远，得沿古驿道走出四五里，驿道右侧较高的土山上有一横断的山沟（大概是哪一年地震造成的），沟深约三丈，沟口有二丈多宽，沟底也宽有六七尺。这是一个很好的天然防空沟，日本飞机若是投弹，只要不是直接命中，落在沟里，即便是在沟顶上爆炸，弹片也不易蹦进来。机枪扫射也不要紧，沟的两壁是死角。这道沟可以容数百人。有人常到这里，就利用闲空，在沟壁上修了一些私人专用的防空洞，大小不等，形式不一。这些防空洞不仅表面光洁，有的还用碎石子或碎瓷片嵌出图案，缀成对联。对联大都有新意。我至今记得两副，一副是：

人生几何

恋爱三角

一副是：

见机而作

入土为安

对联的嵌缀者的闲情逸致是很可叫人佩服的。前一副也许是有感而发，后一副却是纪实。

警报有三种。预行警报大概是表示日本飞机已经起飞。拉空袭警报大概是表示日本飞机进入云南省境了，但是进云南省不一定到昆明来。等到汽笛拉了紧急警报：连续短音，这才可以肯定是朝昆明来的。空袭警报到紧急警报之间，有时要间隔很长时间，所以到了这里的人都不忙下沟，——沟里没有太阳，而且过早地像云冈石佛似的坐在洞里也很无聊，大都先在沟上看书、闲聊、打桥牌。很多人听到紧急警报还不动，因为紧急警报后日本飞机也不定准来，常常是折飞到别处去了。要一直等到看见飞机的影子了，这才一骨碌站起来，下沟，进洞。联大的学生，以及住在昆明的人，对跑警报太有经验了，从来不仓皇失措。

上举的前一副对联或许是一种泛泛的感慨，但也是有现实意义的。跑警报是谈恋爱的机会。联大同学跑警报时，成双作对的很多。空袭警报一响，男的就在新校舍的路边等着，有时还提着一袋点心吃食，宝珠梨、花生米……他等的女同学来了，“嗨！”于是欣然并肩走出新校舍的后门。跑警报说不上是同生死，共患难，但隐隐约约有那么一点危险感，和看电影、遛翠湖时不同。这一点危险感使两方的关系更加亲近了。女同学乐于有人伺候，男同学也正好殷勤照顾，表现一点骑士风度。正如孙悟空在高老庄所说：“一来医得眼好，二来又照顾了郎中，这是凑四合六的买卖。”从这点来说，跑警报是颇为罗曼蒂克的。有恋爱，就有三角，有失恋。跑警报的“对儿”并非总是固定的，有时一方被另一方“甩”了，两人“吹”了，“对儿”就要重新组合。写（姑且叫作“写”吧）那副对联的，大概就是一位被“甩”的男同学。不过，也不一定。

警报时间有时很长，长达两三个小时，也很“腻歪”。紧急警报后，日本飞机轰炸已毕，人们就轻松下来。不一会，“解除警报”响了：汽笛拉长音，大家就起身拍拍尘土，络绎不绝地返回市里。也有时不等解除警报，很多人就往回走：天上起了乌云，要下雨了。一下雨，日本飞机不会来。在野地里被雨淋湿，可不是事！一有雨，我们有一个同学一定是一马当先往回奔，就是前面所说那位报告预行警报的姓侯的。他奔回新校舍，到各个宿舍搜罗了很多雨伞，放在新校舍的后门外，见有女同学来，就递过一把。他怕这些女同学挨淋。这位侯同学长得五大三粗，却有一副贾宝玉的心肠。大概是上了吴雨僧先生的《红楼梦》的课，受了影响。侯兄送伞，已成定例。警报下雨，一次不落。名闻全校，贵在有恒。——这些伞，等雨住后他还会到南院女生宿舍去敛回来，再归还原主的。

跑警报，大都要把一点值钱的东西带在身边。最方便的是金子，——金戒指。有一位哲学系的研究生曾经作了这样的逻辑推理：有人带金子，必有人会丢掉金子，有人丢金子，就会有人捡到金子，我是人，故我可以捡到金子。因此，他跑警报时，特别是解除警报以后，他每次都很留心地巡视路面。他当真两次捡到过金戒指！逻辑推理有此妙用，大概是教逻辑学的金岳霖先生所未料到的。

联大师生跑警报时没有什么可带，因为身无长物，一般大都是带两本书或一册论文的草稿。有一位研究印度哲学的金先生每次跑警报总要提了一只很小的手提箱。箱子里不是什么别的东西，是一个女朋友写给他的信——情书。他把这些情书视如性命，有时也会拿出一两封来给别人看。没有什么不能看的，因为没有卿卿我我的肉麻的话，只是一个聪明女人对生活的感受，文字很俏皮，充满了英国式的机智，是一些很漂亮的essay，字也很秀气。这些信实在是可以拿来出版的。金先生辛辛苦苦地保存了多年，现在大概也不知去向了，可惜。我看过这个女人的照片，人长得就像她写的那些信。

联大同学也有不跑警报的，据我所知，就有两人。一个是女同学，姓罗。一有警报，她就洗头。别人都走了，锅炉房的热水没人用，她可以敞开来洗，要多少水有多少水！另一个是一位广东同学，姓郑。他爱吃莲子。一有警报，他就用一个大漱口缸到锅炉火口上去煮莲子。警报解除了，他的莲子也烂了。有一次日本飞机炸了联大，昆明北院、南院，都落了炸弹，这位郑老兄听着炸弹乒乒乓乓在不远的地方爆炸，依然在新校舍大图书馆旁的锅炉上神色不动地搅和他的冰糖莲子。

抗战期间，昆明有过多少次警报，日本飞机来过多少次，无法统计。自然也死了一些人，毁了一些房屋。就我的记忆，大东门外，有一次日本飞机机枪扫射，田地里死的人较多。大西门外小树林里曾炸死了好几匹驮木柴的马。此外似无较大伤亡。警报、轰炸，并没有使人产生血肉横飞、一片焦土的印象。

日本人派飞机来轰炸昆明，其实没有什么实际的军事意义，用意不过是吓唬吓唬昆明人，施加威胁，使人产生恐惧。他们不知道中国人的心理是有很大的弹性的，不那么容易被吓得魂不附体。我们这个民族，长期以来，生于忧患，已经很“皮实”了，对于任何猝然而来的灾难，都用一种“儒道互补”的精神对待之。这种“儒道互补”的真髓，即“不在乎”。这种“不在乎”精神，是永远征不服的。

为了反映“不在乎”，作《跑警报》。

草木虫鱼鸟兽

雁

“爬山调”：“大雁南飞头朝西……”

诗人韩燕如告诉我，他曾经用心观察过，确实是这样。他惊叹草原人民对生活的观察的准确而细致。他说：“生活！生活！……”

为什么大雁南飞要头朝着西呢？草原上的人说这是依恋故土。“爬山调”是用这样的意思做比喻和起兴的。

“大雁南飞头朝西……”

河北民歌：“八月十五雁门开，孤雁头上带霜来……”“孤雁头上带霜来”，这写得多美呀！

琥珀

我在祖母的首饰盒子里找到一个琥珀扇坠。一滴琥珀里有一只小黄蜂。琥珀是透明的，从外面可以清清楚楚地看到黄蜂。触须、翅膀、腿脚，清清楚楚，形态如生，好像它还活着。祖母说，黄蜂正在飞动，一滴松脂滴下来，恰巧把它裹住。松脂埋在地下好多年，就成了琥珀。祖母告诉我，这样的琥珀并非罕见，值不了多少钱。

后来我在一个宾馆的小卖部看到好些人造琥珀的首饰。各种形状的都有，都琢治得很规整，里面也都压着一个昆虫。有一个项链上的淡黄色的琥珀片里竟压着一只蜻蜓。这些昆虫都很完整，不缺腿脚，不缺翅膀，但都是僵直的，缺少生气。显然这些昆虫是弄死了以后，精心地、端端正正地压在里面的。

我不喜欢这种里面压着昆虫的人造琥珀。

我的祖母的那个琥珀扇坠之所以美，是因为它是偶然形成的。

美，多少要包含一点偶然。

瓢虫

瓢虫有好几种，外形上的区别在鞘翅上有多少黑点。这种黑点，昆虫学家谓之“星”。有七星瓢虫、十四星瓢虫、二十星瓢虫……有的瓢虫是益虫，它吃蚜虫，是蚜虫的天敌；有的瓢虫是害虫，吃马铃薯的嫩芽。

瓢虫的样子是差不多的。

中国画里很早就有画瓢虫的了。通红的一个圆点，在绿叶上，很显眼，使画面增加了生趣。

齐白石爱画瓢虫。他用藤黄涂成一个葫芦，上面栖息了一只瓢虫，对比非常鲜明。王雪涛、许麟庐都画过瓢虫。

谁也没有数过画里的瓢虫身上有几个黑点，指出这只瓢虫是害虫还是益虫。

科学和艺术有时是两回事。

瓢虫像一粒用朱漆制成的小玩意。

北京的孩子（包括大人）叫瓢虫为“花大姐”，这个名字很美。

螃蟹

螃蟹的样子很怪。

《梦溪笔谈》载：关中人不识螃蟹。有人收得一只干蟹，人家病疟，就借去挂在门上。——中国过去相信生疟疾是由于疟鬼作祟。门上挂了一只螃蟹，疟鬼不知道这是什么玩意，就不敢进门了。沈括说：不但人不识，鬼亦不识也。“不但人不识，鬼亦不识也”，这说得很幽默！

在拉萨八角街一家卖藏药的铺子里看到一只小螃蟹，蟹身只有拇指大，金红色的，已经干透了，放在一只盘子里。大概西藏人也相信这只奇形怪状的虫子有某种魔力，是能治病的。

螃蟹为什么要横着走呢？

螃蟹的样子很凶恶，很奇怪，也很滑稽。

凶恶和滑稽往往近似。

豆芽

朱小山去点豆子。地埂上都点了，还剩一把，他懒得带回去，就搬起一块石头，把剩下的豆子都塞到石头下面。过了些日子，朱小山发现：石头离开地面了。豆子发了芽，豆芽把石头顶起来了。朱小山非常惊奇。

朱小山为这件事惊奇了好多年。他跟好些人讲起过这件事。

有人问朱小山："你老说这件事是什么意思？是要说明一种什么哲学吗？"

朱小山说："不，我只是想说说我的惊奇。"

过了好些年，朱小山成了一个知名的学者，他回他的家乡去看看。他想找到那块石头。

他没有找到。

落叶

漠漠春阴柳未青，
冻云欲湿上元灯。
行过玉渊潭畔路，
去年残叶太分明。
汽车开过湖边，
带起一群落叶。

落叶追着汽车，

一直追得很远。

终于没有力气了，

又纷纷地停下了。

“你神气什么？

还的的地叫！”

“甭理它。

咱们讲故事。”

“秋天，

早晨的露水……”

啄木鸟

啄木鸟追逐着雌鸟，

红胸脯发出无声的喊叫，

它们一翅飞出树林，

落在湖边的柳梢。

不知从哪里钻出一个孩子，

一声大叫。

啄木鸟吃了一惊，

他身边已经没有雌鸟。

不一会树林里传出啄木的声音，

他已经忘记了刚才的烦恼。

夏天的昆虫

蝈蝈

蝈蝈我们那里叫作“叫蚰子”。因为它长得粗壮结实，样子也不大好看，还特别在前面加一个“侉”字，叫作“侉叫蚰子”。这东西就是会呱呱地叫。有时嫌它叫得太吵人了，在它的笼子上拍一下，它就大叫一声：“呱——”停止了。它什么都吃。据说吃了辣椒更爱叫，我就挑顶辣的辣椒喂它。早晨，掐了南瓜花（谎花）喂它，只是取其好看而已。这东西是咬人的。有时捏住笼子，它会从竹篾的洞里咬你的指头肚子一口！

另有一种秋叫蚰子，较晚出，体小，通身碧绿如玻璃料，叫声轻脆。秋叫蚰子养在牛角做的圆盒中，顶面有一块玻璃。我能自己做这种牛角盒子，要紧的是弄出一块大小合适的圆玻璃。把玻璃放在水盆里，用剪子剪，则不碎裂。秋叫蚰子价钱比侉叫蚰子贵得多。养好了，可以越冬。

叫蚰子是可以吃的。得是三尾的，腹大多子。扔在枯树枝火中，一会就熟了。味极似虾。

蝉

蝉大别有三类。一种是“海溜”，最大，色黑，叫声洪亮。这是蝉里的楚霸王，生命力很强。我曾捉了一只，养在一个断了发条的旧座钟里，活了好多天。一种是“嘟溜”，体较小，绿色而有点银光，样子最好看，叫声也好听：“嘟溜——嘟溜——嘟溜”。一种叫“叽溜”，最小，暗赭色，也是因其叫声而得名。

蝉喜欢栖息在柳树上。古人常画“高柳鸣蝉”，是有道理的。

北京的孩子捉蝉用粘竿，——竹竿头上涂了粘胶。我们小时候则用蜘蛛网。选一根结实的长芦苇，一头撅成三角形，用线缚住，看见有大蜘蛛网就一绞，三角里络满了蜘蛛网，很黏。瞅准了一只蝉，轻轻一捂，蝉的翅膀就被粘住了。

佝偻丈人承蜩，不知道用的是什么工具。

蜻蜓

家乡的蜻蜓有三种。

一种极大，头胸浓绿色，腹部有黑色的环纹，尾部两侧有革质的小圆片，叫作“绿豆钢”。这家伙厉害得很，飞时巨大的翅膀磨得嚓嚓地响。或捉之置室内，它会对着窗玻璃猛撞。

一种即常见的蜻蜓，有灰蓝色和绿色的。蜻蜓的眼睛很尖，但到黄昏后眼力就有点不济。它们栖息着不动，从后面轻轻伸手，一捏就能捏住。玩蜻蜓有一种恶作剧的玩法：掐一根狗尾巴草，把草茎插进蜻蜓的屁股，一撒手，蜻蜓就带着狗尾草的穗子飞了。

一种是红蜻蜓。不知道什么道理，说这是灶王爷的马。

另有一种纯黑的蜻蜓。身上、翅膀都是深黑色，我们叫它鬼蜻蜓，因为它有点鬼气，也叫“寡妇”。

刀螂

刀螂即螳螂。螳螂是很好看的。螳螂的头可以四面转动。螳螂翅膀嫩绿，颜色和脉纹都很美。昆虫翅膀好看的，为螳螂，为纺织娘。

或问：你写这些昆虫什么意思？答曰：我只是希望现在的孩子也能玩玩这些昆虫，对自然发生兴趣。现在的孩子大都只在电子玩具包围中长大，未必是好事。

泡茶馆

“泡茶馆”是联大学生特有的语言。本地原来似无此说法，本地人只说“坐茶馆”。“泡”是北京话。其含义很难准确地解释清楚。勉强解释，只能说是持续长久地沉浸其中，像泡泡菜似的泡在里面。“泡蘑菇”、“穷泡”，都有长久的意思。北京的学生把北京的“泡”字带到了昆明，和现实生活结合起来，便创造出一个新的语汇。“泡茶馆”，即长时间地在茶馆里坐着。本地的“坐茶馆”也含有时间较长的意思。到茶馆里去，首先是坐，其次才是喝茶（云南叫吃茶）。不过联大的学生在茶馆里坐的时间往往比本地人长，长得多，故谓之“泡”。

有一个姓陆的同学，是一怪人，曾经徒步旅行半个中国。这人真是一个泡茶馆的冠军。他有一个时期，整天在一家熟识的茶馆里泡着。他的盥洗用具就放在这家茶馆里。一起来就到茶馆里去洗脸刷牙，然后坐下来，泡一碗茶，吃两个烧饼，看书。一直到中午，起身出去吃午饭。吃了饭，又是一碗茶，直到吃晚饭。晚饭后，又是一碗，直到街上灯火阑珊，才夹着一本很厚的书回宿舍睡觉。

昆明的茶馆共分几类，我不知道。大别起来，只能分为两类，一类是大茶馆，一类是小茶馆。

正义路原先有一家很大的茶馆，楼上楼下，有几十张桌子。都是荸荠紫漆的八仙桌，很鲜亮。因为在热闹地区，坐客常满，人声嘈杂。所有的柱子上都贴着一张很醒目的字条："莫谈国事"。时常进来一个看相的术士，一手捧一个六寸来高的硬纸片，上书该术士的大名（只能叫作大名，因为往往不带姓，不能叫"姓名"；又不能叫"法名"、"艺名"，因为他并未出家，也不唱戏），一只手捏着一根纸媒子，在茶桌间绕来绕去，嘴里念说着"送看手相不要钱"、"送看手相不要钱"——他手里这根媒子即是看手相时用来指示手纹的。

这种大茶馆有时唱围鼓。围鼓即由演员或票友清唱。我很喜欢"围鼓"这个词。唱围鼓的演员、票友好像不是取报酬的。只是一群有同好的闲人聚拢来唱着玩。但茶馆却可借来招揽顾客，所以茶馆便于闹市张贴告条："某月日围鼓"。到这样的茶馆里来一边听围鼓，一边吃茶，也就叫作"吃围鼓茶"。"围鼓"这个词大概是从四川来的，但昆明的围鼓似多唱滇剧。我在昆明七年，对滇剧始终没有入门。只记得不知什么戏里有一句唱词"孤王头上长青苔"。孤王的头上如何会长青苔呢？这个设想实在是奇，因此一听就永不能忘。

我要说的不是那种"大茶馆"。这类大茶馆我很少涉足，而且有些大茶馆，包括正义路那家兴隆鼎盛的大茶馆，后来大都陆续停闭了。我所说的是联大附近的茶馆。

从西南联大新校舍出来，有两条街，凤翥街和文林街，都不长。

这两条街上至少有不下十家茶馆。从联大新校舍，往东，折向南，进一座砖砌的小牌楼式的街门，便是凤翥街。街角右手第一家便是一家茶馆。这是一家小茶馆，只有三张茶桌，而且大小不等，形状不一的茶具也是比较粗糙的，随意画了几笔兰花的盖碗。除了卖茶，檐下挂着大串大串的草鞋和地瓜（即湖南人所谓的凉薯），这也是卖的。张罗茶座的是一个女人。这女人长得很强壮，皮色也颇白净。她生了好些孩子。身边常有两个孩子围着她转，手里还抱着一个孩子。她经常敞着怀，一边奶着那个早该断奶的孩子，一边为客人冲茶。她的丈夫，比她大得多，状如猿猴，而目光锐利如鹰。他什么事情也不管，但是每天下午却捧了一个大碗喝牛奶。这个男人是一头种畜。这情况使我们颇为不解。这个白皙强壮的妇人，只凭一天卖几碗茶，卖一点草鞋、地瓜，怎么能喂饱了这么多张嘴，还能供应一个懒惰的丈夫每天喝牛奶呢？怪事！中国的妇女似乎有一种天授的惊人的耐力，多大的负担也压不垮。

由这家往前走几步，斜对面，曾经开过一家专门招徕大学生的新式茶馆。这家茶馆的桌椅都是新打的，涂了黑漆。堂倌系着白围裙。卖茶用细白瓷壶，不用盖碗（昆明茶馆卖茶一般都用盖碗）。除了清茶，还卖沱茶、香片、龙井。本地茶客从门外过，伸头看看这茶馆的局面，再看看里面坐得满满的大学生，就会挪步另走一家了。这家茶馆没有什么值得一记的事，而且开了不久就关了。联大学生至今还记得这家茶馆是因为隔壁有一家卖花生米的。这家似乎没有男人，站柜卖货是姑嫂两人，都还年轻，成天涂脂抹粉。尤其是那个小姑子，见人走过，辄作媚笑。联大学生叫她花生西施。这西施卖花生米是看人行事的。好看的来买，就给得多。难看的给得少。因此我们每次买花生米都推选一个挺拔英俊的“小生”去。

再往前几步，路东，是一个绍兴人开的茶馆。这位绍兴老板不知怎么会跑到昆明来，又不知为什么在这条小小的凤翥街上来开一爿茶馆。他至今乡音未改。大概他有一种独在异乡为异客的情绪，所以对待从外地来的联大学生异常亲热。他这茶馆里除了卖清茶，还卖一点芙蓉糕、萨其玛、月饼、桃酥，都装在一个玻璃匣子里。我们有时觉得肚子里有点缺空而又不到吃饭的时候，便到他这里一边喝茶一边吃两块点心。有一个善于吹口琴的姓王的同学经常在绍兴人茶馆喝茶。他喝茶，可以欠账。不但喝茶可以欠账，我们有时想看电影而没有钱，就由这位口琴专家出面向绍兴老板借一点。绍兴老板每次都是欣然地打开钱柜，拿出我们需要的数目。我们于是欢欣鼓舞，兴高采烈，迈开大步，直奔南屏电影院。

再往前，走过十来家店铺，便是凤翥街口，路东路西各有一家茶馆。

路东一家较小，很干净，茶桌不多。掌柜的是个瘦瘦的男人，有几个孩子。掌柜的事情多，为客人冲茶续水，大都由一个十三四岁的大儿子担任，我们称他这个儿子为“主任儿子”。街西那家又脏又乱，地面坑洼不平，一地的烟头、火柴棍、瓜子皮。茶桌也是七大八小，摇摇晃晃，但是生意却特别好。从早到晚，人坐得满满的。也许是因为风水好。这家茶馆正在凤翥街和龙翔街交接处，门面一边对着凤翥街，一边对着龙翔街，坐在茶馆，两条街上的热闹都看得见。到这家吃茶的全部是本地人，本街的闲人、赶马的“马锅头”、卖柴的、卖菜的。他们都抽叶子烟。要了茶以后，便从怀里掏出一个烟盒——圆形，皮制的，外面涂着一层黑漆，打开来，揭开覆盖着的菜叶，拿出剪好的金堂叶子，一支一支地卷起来。茶馆的墙壁上张贴、涂抹得乱七八糟。但我却于西墙上发现了一首诗，一首真正的诗：

记得旧时好，
跟随爹爹去吃茶。
门前磨螺壳，
巷口弄泥沙。

是用墨笔题写在墙上的。这使我大为惊异了。这是什么人写的呢？

每天下午，有一个盲人到这家茶馆来说唱。他打着扬琴，说唱着。照现在的说法，这应是一种曲艺，但这种曲艺该叫什么名称，我一直没有打听着。我问过“主任儿子”，他说是“唱扬琴的”，我想不是。他唱的是什么？我有一次特意站下来听了一会儿，是：

……
良田美地卖了，
高楼大厦拆了，
娇妻美妾跑了，

狐皮袍子当了，

……

我想了想，哦，这是一首劝戒鸦片的歌，他这唱的是鸦片烟之为害。这是什么时候传下来的呢？说不定是林则徐时代某一忧国之士的作品。但是这个盲人只管唱他的，茶客们似乎都没有在听，他们仍然在说话，各人想自己的心事。到了天黑，这个盲人背着扬琴，点着马杆，踽踽地走回家去。我常常想：他今天能吃饱么？

进大西门，是文林街，挨着城门口就是一家茶馆。这是一家最无趣味的茶馆。茶馆墙上的镜框里装的是美国电影明星的照片，蓓蒂·黛维丝、奥丽薇·德·哈茀兰、克拉克·盖博、泰伦·宝华……除了卖茶，还卖咖啡、可可。这家的特点是：进进出出的除了穿西服和麂皮夹克的比较有钱的男同学外，还有把头发卷成一根一根香肠似的女同学。有时到了星期六，还开舞会。茶馆的门关了，从里面传出《蓝色的多瑙河》和《风流寡妇》舞曲，里面正在“嘣嚓嚓”。

和这家斜对着的一家，跟这家截然不同。这家茶馆除卖茶，还卖煎血肠。这种血肠是牦牛肠子灌的，煎起来一街都闻见一种极其强烈的气味，说不清是异香还是奇臭。这种西藏食品，那些把头发卷成香肠一样的女同学是绝对不敢问津的。

由这两家茶馆往东，不远几步，面南便可折向钱局街。街上有一家老式的茶馆，楼上楼下，茶座不少。说这家茶馆是“老式”的，是因为茶馆备有烟筒，可以租用。一段青竹，旁安一个粗如小指半尺长的竹管，一头装一个带爪的莲蓬嘴，这便是“烟筒”。在莲蓬嘴里装了烟丝，点以纸媒，把整个嘴埋在筒口内，尽力猛吸，筒内的水咚咚作响，浓烟便直灌肺腑，顿时觉得浑身通泰。吸烟筒要有点功夫，不会吸的吸不出烟来。茶馆的烟筒比家用的粗得多，高齐桌面，吸完就靠在桌腿边，吸时尤需底气充足。这家茶馆门前，有一个小摊，卖酸角（不知什么树上结的，形状有点像皂荚，极酸，入口使人攒眉）、拐枣（也是树上结的，应该算是果子，状如鸡爪，一疙瘩一疙瘩的，有的地方即叫作鸡脚爪，味道很怪，像红糖，又有点像甘草）和泡梨（糖梨泡在盐水里,梨味本是酸甜的,昆明人却偏于盐水内泡而食之。泡梨仍有梨香，而梨肉极脆嫩）。过了春节则有人于门前卖葛根。葛根是药，我过去只在中药铺见过，切成四方的棋子块儿，是已经经过加工的了，原物是什么样子，我是在昆明才见到的。这种东西可以当零食来吃，我也是在昆明才知道。一截葛根，粗如手臂，横放在一块板上，外包一块湿布。给很少的钱，卖葛根的便操起有点像北京切涮羊肉的肉片用的那种薄刃长刀，切下薄薄的几片给你。雪白的。嚼起来有点像干瓤的生白薯片，而有极重的药味。据说葛根能清火。联大的同学大概很少人吃过葛根。我是什么奇奇怪怪的东西都要买一点尝一尝的。

大学二年级那一年，我和两个外文系的同学经常一早就坐在这家茶馆靠窗的一张桌边，各自看自己的书，有时整整坐一上午，彼此不交语。我这时才开始写作，我的最初几篇小说，即是在这家茶馆里写的。茶馆离翠湖很近，从翠湖吹来的风里，时时带有水浮莲的气味。

回到文林街。文林街中，正对府甬道，后来新开了一家茶馆。这家茶馆的特点一是卖茶用玻璃杯，不用盖碗，也不用壶。不卖清茶，卖绿茶和红茶。红茶色如玫瑰，绿茶苦如猪胆。第二是茶桌较少，且覆有玻璃桌面。在这样的桌子上打桥牌实在是再适合不过了，因此到这家茶馆来喝茶的，大都是来打桥牌的，这茶馆实在是一个桥牌俱乐部。联大打桥牌之风很盛。有一个姓马的同学每天到这里打桥牌。解放后，我才知道他是老地下党员，昆明学生运动的领导人之一。学生运动搞得那样热火朝天，他每天都只是很闲在，很热衷地在打桥牌，谁也看不出他和学生运动有什么关系。

文林街的东头，有一家茶馆，是一个广东人开的，字号就叫“广发茶社”——昆明的茶馆我记得字号的只有这一家，原因之一，是我后来住在民强巷，离广发很近，经常到这家去。原因之二是——经常聚在这家茶馆里的，有几个助教、研究生和高年级的学生。这些人多多少少有一点玩世不恭。那时联大同学常组织什么学会，我们对这些俨乎其然的学会微存嘲讽之意。有一天，广发的茶友之一说：“咱们这也是一个学会，——广发学会！”这本是一句茶余的笑话。不料广发的茶友之一，解放后，在一次运动中被整得不可开交，胡乱交待问题，说他曾参加过“广发学会”。这就惹下了麻烦。几次有人专程到北京来外调“广发学会”问题。被调查的人心里想笑，又笑不出来，因为来外调的政工人员态度非常严肃。广发茶馆代卖广东点心。所谓广东点心，其实只是包了不同味道的甜馅的小小的酥饼，面上却一律贴了几片香菜叶子，这大概是这一家饼师的特有的手艺。我在别处吃过广东点心，就没有见过面上贴有香菜叶子的——至少不是每一块都贴。

或问：泡茶馆对联大学生有些什么影响？答曰：第一，可以养其浩然之气。联大的学生自然也是贤愚不等，但多数是比较正派的。那是一个污浊而混乱的时代，学生生活又穷困得近乎潦倒，但是很多人却能自许清高，鄙视庸俗，并能保持绿意葱茏的幽默感，用来对付恶浊和穷困，并不颓丧灰心，这跟泡茶馆是有些关系的。第二，茶馆出人才。联大学生上茶馆，并不是穷泡，除了瞎聊，大部分时间都是用来读书的。联大图书馆座位不多，宿舍里没有桌凳，看书多半在茶馆里。联大同学上茶馆很少不挟着一本乃至几本书的。不少人的论文、读书报告，都是在茶馆写的。有一年一位姓石的讲师的《哲学概论》期终考试，我就是把考卷拿到茶馆里去答好了再交上去的。联大八年，出了很多人才。研究联大校史，搞“人才学”，不能不了解了解联大附近的茶馆。第三，泡茶馆可以接触社会。我对各种各样的人、各种各样的生活都发生兴趣，都想了解了解，跟泡茶馆有一定关系。如果我现在还算一个写小说的人，那么我这个小说家是在昆明的茶馆里泡出来的。

自得其乐

孙犁同志说写作是他的最好的休息。是这样。一个人在写作的时候是最充实的时候，也是最快乐的时候。凝眸既久（我在构思一篇作品时，我的孩子都说我在翻白眼），欣然命笔，人在一种甜美的兴奋和平时没有的敏锐之中，这样的时候，真是虽南面王不与易也。写成之后，觉得不错，提刀却立，四顾踌躇，对自己说："你小子还真有两下子！"此乐非局外人所能想象。但是一个人不能从早写到晚，那样就成了一架写作机器，总得岔乎岔乎，找点事情消遣消遣，通常说，得有点业余爱好。

我年轻时爱唱戏。起初唱青衣、梅派；后来改唱余派老生。大学三四年级唱了一阵昆曲，吹了一阵笛子。后来到剧团工作，就不再唱戏吹笛子了，因为剧团有许多专业名角，在他们面前吹唱，真成了班门弄斧，还是以藏拙为好。笛子本来还可以吹吹，我的笛风甚好，是"满口笛"，但是后来没法再吹，因为我的牙齿陆续掉光了，撒风漏气。

这些年来我的业余爱好，只有：写写字、画画画、做做菜。

我的字照说是有些基本功的。当然从描红模子开始。我记得我描的红模子是："暮春三月，江南草长，杂花生树，群莺乱飞。"这十六个字其实是很难写的，也许是写红模子的先生故意用这些结体复杂的字来折磨小孩子，而且红模子底子是欧字，这就更难落笔了。不过这也有好处，可以让孩子略窥笔意，知道字是不可以乱写的。大概在我十一二岁的时候，那年暑假，我的祖父忽然高了兴，要亲自教我《论语》，并日课大字一张，小字二十行。大字写《圭峰碑》、小字写《闲邪公家传》，这两本帖都是祖父从他的藏帖中选出来的。祖父认为我的字有点才分，奖了我一块猪肝紫端砚，是圆的，并且拿了几本初拓的字帖给我，让我常看看。我记得有小字《麻姑仙坛》、虞世南的《夫子庙堂碑》、褚遂良的《圣教序》。小学毕业的暑假，我在三姑父家从一个姓韦的先生读桐城派古文，并跟他学写字。韦先生是写魏碑的，但他让我临的却是《多宝塔》。初一暑假，我父亲拿了一本影印的《张猛龙碑》，说："你最好写写魏碑，这样字才有骨力。"我于是写了相当长时期《张猛龙碑》。用的是我父亲选购来的特殊的纸。这种纸是用稻草做的，纸质较粗，也厚，写魏碑很合适，用笔须沉着，不能浮滑。这种纸一张有二尺高，尺半宽，我每天写满一张。写《张猛龙碑》使我终身受益，到现在我的字的间架用笔还能看出痕迹。这以后，我没有认真临过帖，平常只是读帖而已。我于二王书未窥门径。写过一个很短时期的《乐毅论》，放下了，因为我很懒。《行穰》《丧乱》等帖我很欣赏，但我知道我写不来那样的字。我觉得王大令的字的确比王右军写得好。读颜真卿的《祭侄文》，觉得这才是真正的颜字，并且对颜书从二王来之说很信服。大学时，喜读宋四家。

有人说中国书法一坏于颜真卿，二坏于宋四家，这话有道理。但我觉得宋人字是书法的一次解放，宋人字的特点是少拘束，有个性，我比较喜欢蔡京和米芾的字（苏东坡字太俗，黄山谷字做作）。有人说米字不可多看，多看则终身摆脱不开，想要升入晋唐，就不可能了。一点不错。但是有什么办法呢！打一个不太好听的比方，一写米字，犹如寡妇失了身，无法挽回了。我现在写的字有点《张猛龙碑》的底子、米字的意思，还加上一点乱七八糟的影响，形成我自己的那么一种体，格韵不高。

我也爱看汉碑。临过一遍《张迁碑》，《石门铭》《西狭颂》看看而已。我不喜欢《曹全碑》。盖汉碑好处全在筋骨开张，意态从容，《曹全碑》则过于整饬了。

我平日写字，多是小条幅，四尺宣纸一裁为四。这样把书桌上书籍信函往边上推推，摊开纸就能写了。正儿八经地拉开案子，铺了画毡，着意写字，好像练了一趟气功，是很累人的。我都是写行书。写真书，太吃力了。偶尔也写对联。曾在大理写了一副对子：

苍山负雪

洱海流云

字大径尺。字少，只能体兼隶篆。那天喝了一点酒，字写得飞扬霸悍，亦是快事。对联字稍多，则可写行书。为武夷山一招待所写过一副对子：

四围山色临窗秀
一夜溪声入梦清

字颇清秀，似明朝人书。

我画画，没有真正的师承。我父亲是个画家，画写意花卉，我小时爱看他画画，看他怎样布局（用指甲或笔杆的一头划几道印子），画花头，定枝梗，布叶，钩筋，收拾，题款，盖印。这样，我对用墨，用水，用色，略有领会。我从小学到初中，都“以画名”。初二的时候，画了一幅墨荷，裱出后挂在成绩展览室里。这大概是我的画第一次上裱。我读的高中重数理化，功课很紧，就不再画画。大学四年，也极少画画。工作之后，更是久废画笔了。当了右派，下放到一个农业科学研究所，结束劳动后，倒画了不少画，主要的“作品”是两套植物图谱，一套《中国马铃薯图谱》、一套《口蘑图谱》，一是淡水彩，一是钢笔画。摘了帽子回京，到剧团写剧本，没有人知道我能画两笔。重拈画笔，是运动促成的。运动中没完没了地写交待，实在是烦人，于是买了一刀元书纸，于写交待之空隙，瞎抹一气，少抒郁闷，这样就一发而不可收，重新拾起旧营生。有的朋友看见，要了去，挂在屋里，被人发现了，于是求画的人渐多。我的画其实没有什么看头，只是因为是作家的画，比较别致而已。

我也是画花卉的。我很喜欢徐青藤、陈白阳，喜欢李复堂，但受他们的影响不大。我的画不中不西，不今不古，真正是“写意”，带有很大的随意性。曾画了一幅紫藤，满纸淋漓，水汽很足，几乎不辨花形。这幅画现在挂在我的家里。我的一个同乡来，问：“这画画的是什么？”我说是：“骤雨初晴。”他端详了一会，说：“哎，经你一说，是有点那个意思！”他还能看出彩墨之间的一些小块空白，是阳光。我常把后期印象派方法融入国画。我觉得中国画本来都是印象派，只是我这样做，更是有意识的而已。

画中国画还有一种乐趣，是可以在画上题诗，可寄一时意兴，抒感慨，也可以发一点牢骚，曾用干笔焦墨在浙江皮纸上画冬日菊花，题诗代简，寄给一个老朋友，诗是：

新沏清茶饭后烟，
自搔短发负晴暄，
枝头残菊开还好，
留得秋光过小年。

为宗璞画牡丹，只占纸的一角，题曰：

人间存一角，
聊放侧枝花，
欣然亦自得，
不共赤城霞。

宗璞把这首诗念给冯友兰先生听了，冯先生说："诗中有人。"

今年洛阳春寒，牡丹至期不开。张抗抗在洛阳等了几天，败兴而归，写了一篇散文《牡丹的拒绝》。我给她画了一幅画，红叶绿花，并题一诗：

看朱成碧且由他，
大道从来直似斜，
见说洛阳春索寞，
牡丹拒绝著繁花。

我的画，遣兴而已，只能自己玩玩，送人是不够格的。最近请人刻一闲章："只可自怡悦"，用以押角，是实在话。

体力充沛，材料凑手，做几个菜，是很有意思的。做菜，必须自己去买菜。提一菜筐，逛逛菜市，比空着手遛弯儿要"好白相"。到一个新地方，我不爱逛百货商场，却爱逛菜市，菜市更有生活气息一些。买菜的过程，也是构思的过程。想炒一盘雪里蕻冬笋，菜市场冬笋卖完了，却有新到的荷兰豌豆，只好临时"改戏"。做菜，也是一种轻量的运动。洗菜，切菜，炒菜，都得站着（没有人坐着炒菜的），这样对成天伏案的人，可以改换一下身体的姿势，是有好处的。

做菜待客，须看对象。聂华苓和保罗·安格尔夫妇到北京来，中国作协不知是哪一位，忽发奇想，在宴请几次后，让我在家里做几个菜招待他们，说是这样别致一点。我给做了几道菜，其中有一道煮干丝。这是淮扬菜。华苓是湖北人，年轻时是吃过的。但在美国不易吃到。她吃得非常惬意，连最后剩的一点汤都端起碗来喝掉了。不是这道菜如何稀罕，我只是有意逗引她的故国乡情耳。台湾女作家陈怡真（我在美国认识她），到北京来，指名要我给她做一回饭。我给她做了几个菜。一个是干烧小萝卜。我知道台湾没有“杨花萝卜”（只有白萝卜）。那几天正是北京小萝卜长得最足最嫩的时候。这个菜连我自己吃了都很惊诧：味道鲜甜如此！我还给她炒了一盘云南的干巴菌。台湾咋会有干巴菌呢？她吃了，还剩下一点，用一个塑料袋包起，说带到宾馆去吃。如果我给云南人炒一盘干巴菌，给扬州人煮一碗干丝，那就成了鲁迅请曹靖华吃柿霜糖了。

做菜要实践。要多吃，多问，多看（看菜谱），多做。一个菜点得试烧几回，才能掌握咸淡火候。冰糖肘子、乳腐肉，何时炟软入味，只有神而明之，但是更重要的是要富于想象。想得到，才能做得出。我曾用家乡拌荠菜法凉拌菠菜。半大菠菜（太老太嫩都不行），入开水锅焯至断生，捞出，去根切碎，入少盐，挤去汁，与香干（北京无香干，以熏干代）细丁、虾米、蒜末、姜末一起，在盘中抟成宝塔状，上桌后淋以麻酱油醋，推倒拌匀。有余姚作家尝后，说是“很像马兰头”。这道菜成了我家待不速之客的应急的保留节目。有一道菜，敢称是我的发明：塞肉回锅油条。油条切段，寸半许长，肉馅剁至成泥，入细葱花、少量榨菜或酱瓜末拌匀，塞入油条段中，入半开油锅重炸。嚼之酥碎，真可声动十里人。

我很欣赏《杨恽报孙会宗书》：“田彼南山，芜秽不治。种一顷豆，落而为萁。人生行乐耳，须富贵何时。”“人生行乐耳，须富贵何时”，说得何等潇洒。不知道为什么，汉宣帝竟因此把他腰斩了，我一直想不透。这样的话，也不许说么？

北京人的遛鸟

遛鸟的人是北京人里头起得最早的一拨。每天一清早，当公共汽车和电车首班车出动时，北京的许多园林以及郊外的一些地方空旷、林木繁茂的去处，就已经有很多人在遛鸟了。他们手里提着鸟笼，笼外罩着布罩，慢慢地散步，随时轻轻地把鸟笼前后摇晃着，这就是“遛鸟”。他们有的是步行来的，更多的是骑自行车来的。他们带来的鸟有的是两笼——多的可至八笼。如果带七八笼，就非骑车来不可了。车把上、后座、前后左右都是鸟笼，都安排得十分妥当。看到它们平稳地驶过通向密林的小路，是很有趣的，——骑在车上的主人自然是十分潇洒自得，神清气朗。

养鸟本是清朝八旗子弟和太监们的爱好，“提笼架鸟”在过去是对游手好闲、不事生产的人的一种贬词。后来，这种爱好才传到一些辛苦忙碌的人中间，使他们能得到一些休息和安慰。我们常常可以在一个修鞋的、卖老豆腐的、钉马掌的摊前的小树上看到一笼鸟。这是他的伙伴。不过养鸟的还是以上岁数的较多，大都是从五十岁到八十岁的人，大部分是退休的职工，在职的稍少。近年在青年工人中也渐有养鸟的了。

北京人养的鸟的种类很多。大别起来，可以分为大鸟和小鸟两类。大鸟主要是画眉和百灵，小鸟主要是红子、黄鸟。

鸟为什么要“遛”？不遛不叫。鸟必须习惯于笼养，习惯于喧闹扰嚷的环境。等到它习惯于与人相处时，它就会尽情鸣叫。这样的一段驯化，术语叫作“压”。一只生鸟，至少得“压”一年。

让鸟学叫，最直接的办法是听别的鸟叫，因此养鸟的人经常聚会在一起，把他们的鸟揭开罩，挂在相距不远的树上，此起彼歇地赛着叫，这叫作“会鸟儿”。养鸟人不但彼此很熟悉，而且对他们朋友的鸟的叫声也很熟悉。鸟应该向哪只鸟学叫，这得由鸟主人来决定。一只画眉或百灵，能叫出几种“玩艺”，除了自己的叫声，能学山喜鹊、大喜鹊、伏天、苇乍子、麻雀打架、公鸡打架、猫叫、狗叫。

曾见一个养画眉的用一架录音机追逐一只布谷鸟，企图把它的叫声录下，好让他的画眉学。他追逐了五个早晨（北京布谷鸟是很少的），到底成功了。

鸟叫的音色是各色各样的。有的宽亮，有的窄高，有的鸟聪明，一学就会；有的笨，一辈子只能老实巴交地叫那么几声。有的鸟害羞，不肯轻易叫；有的鸟好胜，能不歇气地叫一个多小时！

养鸟主要是听叫，但也重相貌。大鸟主要要大，但也要大得均称。画眉讲究“眉子”（眼外的白圈）清楚。百灵要大头，短嘴。养鸟人对于鸟自有一套非常精细的美学标准，而这种标准是他们共同承认的。

因此，鸟的身份悬殊极大。一只生鸟（画眉或百灵）值二三元人民币，甚至还要少，而一只长相俊秀能唱十几种“曲调”的值一百五十元，相当于一个熟练工人一个月的工资。

养鸟是很辛苦的。除了遛，预备鸟食也很费事。鸟一般要吃拌了鸡蛋黄的棒子面或小米面，牛肉——把牛肉焙干，碾成细末。经常还要吃“活食”，——蚱蜢、蟋蟀、玉米虫。

养鸟人所重视的，除了鸟本身，便是鸟笼。鸟笼分圆笼、方笼两种。一般的鸟笼值一二十元，有的雕镂精细，近于“鬼工”，贵得令人咋舌。——有人不养鸟，专以搜集名贵鸟笼为乐。鸟笼里大有高低贵贱之分的是鸟食罐。一副雍正青花的鸟食罐，已成稀世的珍宝。

除了笼养听叫的鸟，北京人还有一种养在“架”上的鸟。所谓架，是一截树杈。养这类鸟的乐趣是训练它“打弹”，养鸟人把一个弹丸扔在空中，鸟会飞上去接住。有的一次飞起能接连接住两个。架养的鸟一般体大嘴硬，例如锡嘴和交嘴鹊。所以，北京过去有“提笼架鸟”之说。

无事此静坐

我的外祖父治家整饬，他家的房屋都收拾得很清爽，窗明几净。他有几间空房，檐外有几棵梧桐，室内有木榻、漆桌、藤椅，这是他待客的地方，但是他的客人很少，难得有人来。这几间房子是朝北的，夏天很凉快。南墙挂着一条横幅，写着五个正楷大字：

无事此静坐

我很欣赏这五个字的意思。稍大后，知道这是苏东坡的诗，下面的一句是：

一日当两日

事实上，外祖父也很少到这里来。倒是我常常拿了一本闲书，悄悄走进去，坐下来一看半天，看起来，我小小年纪，就已经有一点儿隐逸之气了。

静，是一种气质，也是一种修养。诸葛亮云：“非淡泊无以明志，非宁静无以致远。”心浮气躁，是成不了大气候的。静是要经过锻炼的，古人叫做“习静”。唐人诗云：“山中习静朝观槿，松下清斋折露葵。”“习静”可能是道家的一种功夫，习于安静确实是生活于扰攘的尘世中人所不易做到的。静，不是一味地孤寂，不闻世事。我很欣赏宋儒的诗：“万物静观皆自得，四时佳兴与人同。”惟静，才能观照万物，对于人间生活充满盎然的兴致。静是顺乎自然，也是合乎人道的。

世界是喧闹的。我们现在无法逃到深山里去，唯一的办法是闹中取静。毛主席年轻时曾采用了几种锻炼自己的方法，一种是“闹市读书”。把自己的注意力高度集中起来，不受外界干扰，我想这是可以做到的。

这是一种习惯，也是环境造成的。我下放张家口沙岭子农业科学研究所劳动时，和三十几个农业工人同住一屋。他们吵吵闹闹，打着马锣唱山西梆子，我能做到心如止水，照样看书、写文章。我有两篇小说，就是在震耳的马锣声中写成的。这种功夫，多年不用，已经退步了。我现在写东西总还是希望有个比较安静的环境，但也不必一定要到海边或山边的别墅中才能构想。

大概有十多年了，我养成了静坐的习惯。我家有一对旧沙发，有几十年了。我每天早上泡一杯茶，坐在沙发里，坐一个多小时。虽是犹然独坐，然而浮想联翩。一些故人往事、一些声音、一些颜色、一些语言、一些细节，会逐渐在我的眼前清晰起来、生动起来。这样连续坐几个早晨，想得成熟了，就能落笔写出一点东西。我的一些小说散文，常得之于清晨静坐之中。曾见齐白石一幅小画，画的是淡蓝色的野藤花，有很多小蜜蜂，有颇长的题记，说这是他家的野藤，花时游蜂无数，他有个孙子曾被蜂螫，现在这个孙子也能画这种藤花了，最后两句我一直记得很清楚“静思往事，如在目底”。这段题记是用金冬心体写的，字画皆极娟好。“静思往事，如在目底”。我觉得这是最好的创作心理状态。就是下笔的时候，也最好心里很平静，如白石老人题画所说：“心闲气静一挥。”

我是个比较恬淡平和的人，但有时也不免浮躁，最近就有点儿如我家乡话所说“心里长草”。我希望政通人和，使大家能安安静静坐下来，想一点儿事，读一点儿书，写一点儿文章。

猫

我不喜欢猫。

我的祖父有一只大黑猫，这只猫很老了，老的懒得动，整天在屋里趴着。

从这只老猫我知道猫的一些习性：

猫念经。猫不知道为什么整天“念经”，整天乌鲁乌鲁不停。这乌鲁乌鲁的声音不知是从哪里发出来的，怎么发出来的。不是从喉咙里，像是从肚子里发出的。乌鲁乌鲁……真是奇怪。别的动物没有不停地这样念经的。

猫洗脸。我小时洗脸很马虎、我的继母说我是猫洗脸。猫为什么要“洗脸”呢？

猫盖屎。北京人把做了见不得人的事想遮盖而又遮不住，叫“猫盖屎”。猫怎么知道拉了屎要盖起来的。谁教给它的？——母猫，猫的妈？

我的大伯父养了十几只猫。比较名贵的是玳瑁猫——有白、黄、黑色的斑块。如是狮子猫，即更名贵。其他的猫也都有品，如“铁棒打三桃”，——白猫黑尾，身有三块桃形的黑斑；“雪里拖枪”；黑猫、白猫、黄猫、狸猫……

我觉得不论叫什么名堂的猫，都不好看。

只有一次，在昆明，我看见过一只非常好看的小猫。

这家姓陈，是广东人。我有个同乡，姓朱，在轮船上结识了她们，母亲和女儿，攀谈起来。我这同乡爱和漂亮女人来往。她的女儿上小学了。女儿很喜欢我，爱跟我玩。母亲有一次在金碧路遇见我们，邀我们上她家喝咖啡。我们去了。这位母亲已经过了三十岁了，人很漂亮，身材高高的，腿很长。她看人眼睛眯眯的，有一种惶惶忽忽的成熟的美。她斜靠在长沙发的靠枕上，神态有点慵懒。在她脚边不远的地方，有一个绣墩，绣墩上一个墨绿色软缎圆垫上卧着一只小白猫。这猫真小，连头带尾只有五寸，雪白的白得像一团新雪。这猫也是懒懒的，不时睁开蓝眼睛顾盼一下，就又闭上了。屋里有一盆很大的素心兰，开得正好。好看的女人、小白猫、兰花的香味，这一切是一个梦境。

猫的最大的劣迹是交配时大张旗鼓地嚎叫。有的地方叫做“猫叫春”，北京为之“闹猫”。不知道是由于快感或痛感，郎猫女猫（这是北京人的说法，一般地方都叫公猫、母猫）一递一声，叫起来没完，其声凄厉，实在讨厌。鲁迅“仇猫”，良有以也。有一老和尚为其叫声所扰，以致不能入定，乃作诗一首。诗曰：

春叫猫儿猫叫春，
看他越叫越来神。
老僧亦有猫儿意，
不敢人前叫一声。

第四章

万水千山走遍

带着雨珠的缅桂花使我的心软软的，不是怀人，不是思乡。

七载云烟

天地一瞬

我在云南住过七年，一九三九～一九四六年。准确地说，只能说在昆明住了七年。昆明以外，最远只到过呈贡，还有滇池边一片沙滩极美、柳树浓密的叫作斗南村的地方，连富民都没有去过。后期在黄土坡、白马庙各住过年把二年，这只能算是郊区。到过金殿、黑龙潭、大观楼，都只是去游逛，当日来回。我们经常活动的地方是市内。市内又以正义路及其旁出的几条横街为主。正义路北起华山南路，南至金马碧鸡牌坊，当时是昆明的贯通南北的干线，又是市中心所在。我们到南屏大戏院去看电影，——演的都是美国片子。更多的时间是无目的地闲走，闲看。

我们去逛书店。当时书店都是开架售书，可以自己抽出书来看。有的穷大学生会靠在柜台一边，看一本书，一看两三个小时。

逛裱画店。昆明几乎家家都有钱南园的写得四方四正的颜字对联。还有一个吴忠荩老先生写得极其流利但用笔扁如竹篾的行书四扇屏。

慰情聊胜无，看看也是享受。

武成路后街有两家做锡箔的作坊。我每次经过，都要停下来看做锡箔的师傅在一个木墩上垫了很厚的粗草纸，草纸间衬了锡片，用一柄很大的木槌，使劲夯砸那一垛草纸。师傅浑身是汗，于是锡箔就槌成了。没有人愿意陪我欣赏这种槌锡箔艺术，他们都以为："这有什么看头！"

逛茶叶店。茶叶店有什么逛头？有！华山西路有一家茶叶店，一壁挂了一副嵌在镜框里的米南宫体的小对联，字写得好，联语尤好：

静对古碑临黑女
闲吟绝句比红儿

我觉得这对得很巧，但至今不知道这是谁的句子。尤其使我不明白的，是这家茶叶店为什么要挂这样一副对子？

我们每天经过，随时往来的地方，还是大西门一带。大西门里的文林街，大西门外的凤翥街、龙翔街。"凤翥"、"龙翔"，不知道是哪位善于辞藻的文人起下的富丽堂皇的街名，其实这只是两条丁字形的小小的横竖街。街虽小，人却多，气味浓稠。这是来往滇西的马锅夫卸货、装货、喝酒、吃饭、抽鸦片、睡女人的地方。我们在街上很难"深入"这种生活的里层，只能切切实实地体会到：这是生活！我们在街上闲看。看卖木柴的，卖木炭的，卖粗瓷碗、卖砂锅的，并且常常为一点细节感动不已。

但是我生活得最久，接受影响最深，使我成为这样一个人，这样一个作家，——不是另一种作家的地方，是西南联大，新校舍。

骑了毛驴考大学

万里长征，
辞却了五朝宫阙。
暂驻足，
衡山湘水，
又成离别，
绝徼移栽桢干质，
九州岛遍洒黎元血。
尽笳吹弦诵在山城，
情弥切……

——西南联大校歌

日寇侵华，平津沦陷，北大、清华、南开被迫南迁，组成一个大学，在长沙暂住，名为“临时大学”。后迁云南，改名“国立西南联合大学”，简称“西南联大”。这是一座战时的，临时性的大学，但却是一个产生天才，影响深远，可以彪炳于世界大学之林，与牛津、剑桥、哈佛、耶鲁平列而无愧色的，窳陋而辉煌的，奇迹一样的，“空前绝后”的大学。喔，我的母校，我的西南联大！

像蜜蜂寻找蜜源一样飞向昆明的大学生，大概有几条路径。

一条是陆路。三校部分同学组成“西南旅行团”，由北平出发，走向大西南。一路夜宿晓行，埋锅造饭，过的完全是军旅生活。他们的“着装”是短衣，打绑腿，布条编的草鞋，背负薄薄的一卷行李，行李卷上横置一把红油纸伞，有点像后来的大串联的红卫兵。除了摆渡过河外，全是徒步。自北平至昆明，全程三千五百里，算得是一个壮举。旅行团有部分教授参加，闻一多先生就是其中之一。闻先生一路画了不少铅笔速写。其时闻先生已经把胡子留起来了，——闻先生曾发愿：抗战不胜，誓不剃须！

另一路是海程。由天津或上海搭乘怡和或太古轮船，经香港，到越南海防，然后坐滇越铁路火车，由老街入境，至昆明。

有意思的是，轮船上开饭，除了白米饭之外，还有一箩高粱米饭。这是给东北学生预备的。吃高粱米饭，就咸鱼、小虾，可以使“我的家在东北松花江上的”的流亡学生得到一点安慰，这种举措很有人情味。

我们在上海就听到滇越路有瘴气，易得恶性疟疾，沿路的水不能喝，于是带了好多瓶矿泉水。当时的矿泉水是从法国进口的，很贵。

没有想到恶性疟疾照顾上了我！到了昆明，就发了病，高烧超过四十度，进了医院，医生就给我打了强心针（我还跟护士开玩笑，问“要不要写遗书”）。用的药是606，我赶快声明：我没有生梅毒！

出了院，晕晕乎乎地参加了全国统一招生考试。上帝保佑，竟以第一志愿被录取，我当时真是像做梦一样。

当时到昆明来考大学的，取道各有不同。

有一位历史系学生姓刘的同学是自己挑了一担行李，从家乡河南一步一步走来的。这人的样子完全是一个农民，说话乡音极重，而且四年不改。

有一位姓应的物理系的同学，是在西康买了一头毛驴，一路骑到昆明来的。此人精瘦，外号“黑鬼”，宁波人。

这样一些莘莘学子，不远千里，从四面八方奔到昆明来，考入西南联大，他们来干什么，寻找什么？

大部分同学是来寻找真理，寻找智慧的。

也有些没有明确目的，糊里糊涂的。我在报考申请书上填了西南联大，只是听说这三座大学，尤其是北大的学风是很自由的，学生上课、考试，都很随便，可以吊儿郎当。我就是冲着吊儿郎当来的。

我寻找什么？

寻找潇洒。

斯是陋室

西南联大的校舍很分散，很多处是借用昆明原有的房屋，学校、祠堂。自建的，集中，成片的校舍叫“新校舍”。

新校舍大门南向，进了大门是一条南北大路。这条路是土路，下雨天滑不留足，摔倒的人很多。这条土路把新校舍划分成东西两区。

西边是学生宿舍。土墙，草顶。土墙上开了几个方洞，方洞上竖了几根不去皮的树棍，便是窗户。挨着土墙排了一列双人木床，一边十张，一间宿舍可住四十人，桌椅是没有的。两个装肥皂的大箱摞起来，既是书桌，也是衣柜。昆明不知道哪里来的那么多肥皂箱，很便宜，男生女生多数都有这样一笔“财产”。有的同学在同一宿舍中一住四年不挪窝，也有占了一个床位却不来住的。有的不是这个大学的，却住在这里。有一位，姓曹，是同济大学的，学的是机械工程，可是他从来不到同济大学去上课，却从早到晚趴在木箱上写小说。有些同学成天在一起，乐数晨夕，堪称知己。也有老死不相往来，几乎等于不认识的。我和那位姓刘的历史系同学就是这样，我们俩同睡一张木床，他住上铺，我住下铺，却很少见面。他是个很守规矩，很用功的人，每天按时作息。我是个夜猫子，每天在系图书馆看一夜书，即天亮才回宿舍。等我回屋就寝时，他已经在校园树下苦读英文了。

大路的东侧，是大图书馆。这是新校舍唯一的一座瓦顶的建筑。每天一早，就有人等在门外“抢图书馆”——抢位置，抢指定参考书。大图书馆藏书不少，但指定参考书总是不够用的。

每月月初要在这里开一次“国民精神总动员月会”，简称“国民月会”。把图书馆大门关上，钉了两面交叉的党国旗，便是会场。所谓月会，就是由学校的负责人讲一通话。讲的次数最多的是梅贻琦，他当时是主持日常校务的校长（北大校长蒋梦麟、南开校长张伯苓）。梅先生相貌清癯，人很严肃，但讲话有时很幽默。有一个时期昆明闹霍乱，梅先生告诫学生不要在外面乱吃，说：“有同学说‘我在外面乱吃了好多次，也没有得一次霍乱’，同学们！这种事情是不能有第二次的。”

更东，是教室区。土墙，铁皮屋顶（涂了绿漆）。下起雨来，铁皮屋顶被雨点打得乒乒乓乓地响，让人想起王禹的《黄冈竹楼记》。

这些教室方向不同，大小不一，里面放了一些一边有一块平板，可以在上面记笔记的木椅，都是本色，不漆油漆。木椅的设计可能还是从美国传来的，我在爱荷华—耶鲁都看见过。这种椅子的好处是不固定，可以从这个教室到那个教室任意搬来搬去。吴宓（雨僧）先生讲《红楼梦》，一看下面有女生还站着，就放下手杖，到别的教室去搬椅子。于是一些男同学就也赶紧到别的教室去搬椅子。到宝姐姐、林妹妹都坐下了，吴先生才开始讲。

这样的陋室之中，却培养了很多优秀的人才。

联大五十周年校庆时，校友从各地纷纷返校。一位从国外赶回来的老同学（是个男生），进了大门就跪在地下放声大哭。

前几年我重回昆明，到新校舍旧址（现在是云南师范大学）看了看，全都变了样，什么都没有了，只有东北角还保存了一间铁皮屋顶的教室，也岌岌可危了。

不衫不履

联大师生服装各异，但似乎又有一种比较一致的风格。

女生的衣着是比较整洁的。有的有几件华贵的衣服，那是少数军阀商人的小姐。但是她们也只是参加 Party 时才穿，上课时不会穿得花里胡哨的。一般女生都是一身阴丹士林旗袍，上身套一件红的毛衣。低年级的女生爱穿“工裤”，——劳动布的长裤，上面有两条很宽的带子，白色或浅花的衬衫。这大概本是北京的女中学生流行的服装，这种风气被贝满等校的女生带到昆明来了。

男同学原来有些西装革履，裤线笔直的，也有穿麂皮夹克的，后来就日渐少了，绝大多数是蓝布衫，长裤。几年下来，衣服破旧，就想各种办法“弥补”，如贴一张橡皮膏之类。有人裤子破了洞，不会补，也无针线，就找一根麻筋，把破洞结了一个疙瘩。这样的疙瘩名士不止一人。

教授的衣服也多残破了。闻一多先生有一个时期穿了一件一个亲戚送给他的灰色夹袍，式样早就过时，领子很高，袖子很窄。朱自清先生的大衣破得不能再穿，就买了一件云南赶马人穿的深蓝氆氇的一口钟（大概就是彝族察尔瓦）披在身上，远看有点像一个侠客。有一个女生从南院（女生宿舍）到新校舍去，天已经黑了，路上没有人，她听到后面有梯里突鲁的脚步声，以为是坏人追了上来，很紧张。回头一看，是化学教授曾昭抡。他穿了一双空前（露着脚趾）绝后鞋（后跟烂了，提不起来，只能半趿着），因此发出此梯里突鲁的声音。

联大师生破衣烂衫，却每天孜孜不倦地做学问，真是穷且益坚，不坠青云之志，这种精神，人天可感。

当时“下海”的，也有。有的学生跑仰光、腊戌，趸卖“玻璃丝袜”、“旁氏口红”；有一个华侨同学在南屏街开了一家很大的咖啡馆，那是极少数。

采薇

大学生大都爱吃，食欲很旺，有两个钱都吃掉了。

初到昆明，带来的盘缠尚未用尽，有些同学和家乡邮汇尚通，不时可以得到接济，一到星期天就出去到处吃馆子。汽锅鸡、过桥米线、新亚饭店的过油肘子、东月楼的锅贴乌鱼、映时春的油淋鸡、小西门马家牛肉馆的牛肉、厚德福的铁锅蛋、松鹤楼的腐乳肉、“三六九”（一家上海面馆）的大排骨面，全都吃了一个遍。

钱逐渐用完了，吃不了大馆子，就只能到米线店里吃米线、饵块。当时米线的浇头很多，有闷鸡（其实只是酱油煮的小方块瘦肉，不是鸡）、爨肉（即肉末、音川，云南人不知道为什么爱写这样一个笔画繁多的怪字）、鳝鱼、叶子（油炸肉皮煮软，有的地方叫“响皮”，有的地方叫“假鱼肚”）。米线上桌，都加很多辣椒，——“要解馋，辣加咸”。如果不吃辣，进门就得跟堂倌说：“免红！”

到连吃米线、饵块的钱也没有的时候，便只有老老实实到新校舍吃大食堂的“伙食”。饭是“八宝饭”，通红的糙米，里面有沙子、木屑、老鼠屎。菜，偶尔有一碗回锅肉、炒猪血（云南谓之“旺子”），常备的菜是盐水煮芸豆，还有一种叫“魔芋豆腐”，为紫灰色的，烂糊糊的淡而无味的奇怪东西。有一位姓郑的同学告诫同学：饭后不可张嘴——恐怕飞出只鸟来！

一九四四年，我在黄土坡一个中学教了两个学期。这个中学是联大办的，没有固定经费，薪水很少，到后来连一点极少的薪水也发不出来，校长（也是同学）只能设法弄一点米来，让教员能吃上饭。菜，对不起，想不出办法。学校周围有很多野菜，我们就吃野菜。校工老鲁是我们的技术指导。老鲁是山东人，原是个老兵，照他说，可吃的野菜简直太多了，但我们吃得最多的是野苋菜（比园种的家苋菜味浓）、灰菜（云南叫作灰藋菜，“藋”字见于《庄子》，是个很古的字），还有一种样子像一根鸡毛掸子的扫帚苗。野菜吃得我们真有些面有菜色了。

有一个时期附近小山下柏树林里飞来很多硬壳昆虫，黑色，形状略似金龟子，老鲁说这叫豆壳虫，是可以吃的，好吃！他捉了一些，撕去硬翅，在锅里干爆了，撒了一点花椒盐，就起酒来。在他的示范下，我们也爆了一盘，闭着眼睛尝了尝，果然好吃。有点像盐爆虾，而且有一股柏树叶的清香，——这种昆虫只吃柏树叶，别的树叶不吃。于是我们有了就酒的酒菜和下饭的荤菜。这玩意多得很，一会儿的工夫就能捉一大瓶。

要写一写我在昆明吃过的东西，可以写一大本，撮其大要写了一首打油诗。怕读者看不明白，加了一些注解，诗曰：

重升肆里陶杯绿[①]，

① 昆明的白酒分市酒和升酒。市酒是普通白酒，升酒大概是用市酒再蒸一次，谓之“玫瑰重升”，似乎有点玫瑰香气。昆明酒店都是盛在绿陶的小碗里，一碗可盛二小两。

饵块摊来炭火红[①]。
正义路边养正气[②]，
小西门外试撩青[③]。
人间至味干巴菌[④]，
世上馋人大学生。
尚有灰藋堪漫吃[⑤]，
更循柏叶捉昆虫。

一束光阴付苦茶

昆明的大学生（男生）不坐茶馆的大概没有。不可一日无此君，

① 饵块分两种，都是米面蒸熟了的。一种状如小枕头，可做汤饵块、炒饵块。一种是椭圆的饼，犹如鞋底，在炭火上烤得发泡，一面用竹片涂了芝麻酱、花生酱、甜酱油、油辣子，对合而食之，谓之“烧饵块”。

② 汽锅鸡以正义路牌楼旁一家最好。这家无字号，只有一块匾，上书大字：“培养正气”，昆明人想吃汽锅鸡，就说：“我们今天去培养一下正气。”

③ 小西门马家牛肉极好。牛肉是蒸或煮熟的，不炒菜，分部位，如“冷片”、“汤片”……有的名称很奇怪。如大筋（牛鞭）、“领肝”（牛肚）。最特别的是“撩青”（牛舌，牛的舌头可不是撩青草的吗？但非懂行人觉得这很费解）。“撩青”很好吃。

④ 昆明菌子种类甚多，如“鸡坳”，这是菌之王，但至今我还不知道为什么只在白蚁窝上长“牛肝菌”（色如牛肝，生时熟后都像牛肝，有小毒，不可多吃，且须加大量的蒜，否则会昏倒。有个女同学吃多了牛肝菌，竟至休克）。“青头菌”，菌盖青绿，菌丝白色，味较清雅。味道最为隽永深长，不可名状的是干巴菌。这东西中吃不中看，颜色紫赭，不成模样，简直像一堆牛屎，里面又夹杂了一些松毛、杂草。可是收拾干净了撕成蟹腿状的小片，加青辣椒同炒，一箸入口，酒兴顿涨，饭量猛开。这真是人间至味！

⑤ 藋字云南读平声。

有人一天不喝茶就难受。有人一天喝到晚，可称为“茶仙”。茶仙大抵有两派。一派是固定茶座。有一位姓陆的研究生，每天在一家茶馆里喝三遍茶，早，午，晚。他的牙刷、毛巾、洗脸盆就放这家茶馆里，一起来就上茶馆。另一派是流动茶客，有一姓朱的，也是研究生，他爱到处溜，腿累了就走进一家茶馆，坐下喝一气茶。全市的茶馆他都喝遍了。他不但熟悉每一家茶馆，并且知道附近哪是公共厕所，喝足了茶可以小便，不致被尿憋死。

关于喝茶，我写过一篇《泡茶馆》，已经发表过，写得相当详细，不再重复，有诗为证：

水厄囊空亦可赊[⑥]，
枯肠三碗嗑葵花[⑦]。
昆明七载成何事？
一束光阴付苦茶。

水流云在

云南人对联大学生很好，我们对云南、对昆明也很有感情。我们为云南做了一些什么事，留下一点什么？

---

⑥ 我们和凤翥街几家茶馆很熟，不但喝茶，吃芙蓉糕可以欠账，甚至可以向老板借钱去看电影。

⑦ 茶馆常有女孩子来卖炒葵花子，绕桌轻唤：“瓜子瓜，瓜子瓜。”

有些联大师生为云南做了一些有益的实事，比如地质系师生完成了《云南矿产普查报告》，生物系师生写出了《中国植物志·云南卷》的长编初稿，其他还有多少科研成果，我不大知道，我不是搞科研的。

比较明显的、普遍的影响是在教育方面。联大学生在中学兼课的很多，连闻一多先生都在中学教过国文，这对昆明中学生学业成绩的提高，是有很大作用的。

更重要的是使昆明学生接受了民主思想，呼吸到独立思考，学术自由的空气，使他们为学为人都比较开放，比较新鲜活泼。这是精神方面的东西，是抽象的，是一种气质，一种格调，难于确指，但是这种影响确实存在。如云如水，水流云在。

我的家

十年前我回了一次家乡，一天闲走，去看了看老家的旧址，发现我们那个家原来是不算小的。我家的大门开在科甲巷（不知道为什么这条巷子起了这么个名字，其实这巷里除了我的曾祖父中过一名举人，我的祖父中过拔贡外，没有别的人家有过功名），而在西边的竺家巷有一个后门。我的家即在这两条巷子之间。临街是铺面。从科甲巷口到竺家巷口，计有这么几家店铺：一家豆腐店，一家南货店，一家烧饼店，一家棉席店，一家药店，一家烟店，一家糕店，一家剃头店，一家布店。我们家在这些店铺的后面，占地多少平米我不知道，但总是不小的，住起来是相当宽敞的。

这所老宅子分作东西两截，或两区。东边住着祖父母（我们叫"太爷""太太"）和大房——大伯父一家。西边是二房（我的二伯母）和三房——我父亲的一家。东西地势相差约有三尺，由东边到西边要上几层台阶。

正屋的东边的套间住着太爷、太太，西边是大伯父和大伯母（我们叫"大爷""大妈"）。当中是一个堂屋，因为敬神祭祖都在这间堂屋里，所以叫做“正堂屋”。正堂屋北面靠墙是一个很大的“老爷柜”，即神案，但我们那里都叫做“老爷柜”，这东西也确实是一个很长的大柜，当中和两边都有抽屉，下面还有钉了铜环的柜门。老爷柜上，当中供的是家神菩萨，左边是文昌帝君神位，右边是祖宗龛——一个细木雕琢的像小庙一样的东西，里面放着祖宗的牌位——神主。这正堂屋大概是我的曾祖父手里盖的，因为两边板壁上贴着他中秀才、中举人的报条。有年头了。原来大概是相当恢宏的。庭柱很粗，是“布灰布漆”的——木柱外涂瓦灰，裹以夏布，再施黑漆。到我记事时漆灰有多处已经剥落。这间老堂屋的铺地的箩底砖（方砖）的边角都磨圆了，而且特别容易返潮。天将下雨，砖地上就是潮乎乎的。若遇连阴天，地面简直像涂了一层油，滑的。我很小就知道“础润而雨”。用不着看柱础，从正堂屋砖地，就知道雨一时半会儿晴不了。一想到正堂屋，总会想到下雨，有时接连下几天，真是烦人。雨老不停，我的一个堂姐就会剪一个纸人贴在墙上，这纸人一手拿着簸箕，一手拿笤帚，风一吹，就摇动起来，叫“扫晴娘”。也真奇怪，扫晴娘扫了一天，第二天多少会放晴。

这间正堂屋的用处是：过年时敬神，清明祭祖。祭祖时在正中的方桌上放一大碗饭，这碗特别的大，有一个小号洗脸盆那样大，很厚，是白色的古瓷的，除了祭祖装饭外，不作别的用处。饭压得很实，鼓起如坟头，上面插了好多双红漆的筷子。筷子插多少双，是有定数的，这事总是由我的祖母做。另有四样祭菜。有一盘白切肉，一盘方块粉——绿豆粉，切成名片大小，三分厚。这方块粉在祭祖后分给两房。这粉一点味道都没有，实在不好吃，所以我一直记得。其余两样祭菜已无印象。十月朝（旧历十月初一）“烧包子”，即北方的“送寒衣”。一个一个纸口袋，内装纸钱，包上写明各代考妣冥中收用，一袋一袋排在祭桌前，下面铺一层稻草。磕头之后，由大爷点火焚化。每年除夕，要在这方桌上吃一顿团圆饭。我们家吃饭的制度是：一口锅里盛饭，大房、三房都吃同一锅饭，以示并未分家；菜则各房自炒，又似分爨。但大年三十晚上，祖父和两房男丁要同桌吃一顿。菜都是太太手制的。照例有一大碗鸭羹汤，鸭丁、山药丁、慈姑丁合烩。这鸭羹汤很好吃，平常不做，据说是徽州做法。我们的老家是徽州（姓汪的很多人的老家都是徽州），我们家有些菜的做法还保持徽州传统。比如肉丸蘸糯米蒸熟，有些地方叫珍珠丸子或蓑衣丸子，我们家则叫“徽团”。

我对大堂屋有一点特殊的记忆，是我曾在这里当过一回孝子。我的二伯父（二爷）死得早，立嗣时经过一番讨论。按说应该由长房次子，我的堂弟曾炜过继，但我的二伯母（二妈）不同意，她要我，因为她和我的生母感情很好，从小喜欢我。我是次房长子，长子过继，不合古理。后来是定了一个折中方案，曾炜和我都过继给二妈，一个是“派继”，一个是“爱继”。二妈死后，娘家提了一些条件，一是指定要用我祖父的寿材盛殓。太爷五十岁时就打好了寿材，逐年加漆，漆皮已经很厚了。因为二妈是年轻守节，娘家提出，不能不同意。一是要在正堂屋停灵，也只好同意了（本来上有老人，是不该在正屋停灵的）。我和曾炜于是履行孝子的职责，亲视含殓（围着棺材走一圈），戴孝披麻，一切如制。最有意思的是逢七的时候得陪张牌李牌吃饭。逢七，鬼魂要回来接受烧纸，由两个鬼役送回来。这两个鬼役即张牌李牌。一个较大的方杌凳，两副筷子，一碟白肉，一碟豆腐，两杯淡酒。我和曾炜各用一个小板凳陪着坐一会儿。陪鬼役吃饭，我还是头一回。六七开吊，我是孝子一直在场，所以能看到全部过程。家里办丧事，气氛和平常全不一样，所有的人都变得庄严肃穆起来。开吊像是演一场戏，大家都演得很认真。"初献""亚献""终献"，有条不紊，节奏井然。最后是"点主"。点主要一个功名高的人。给我的二伯母点主的是一个叫李芳的翰林，外号李三麻子。"点主"是在神主上加点。神主（木制小牌位）事前写好"×孺人之神王"，李三麻子就位后，礼生喝道："凝神，想象，请加墨主。"李三麻子拈起一支新笔在"王"字上加一墨点。礼生再赞："凝神，想象，请加朱主。"李三麻子用朱笔在墨点上加一点。这样死者的魂灵就进入神主了。我对"凝神，想象"印象很深，因为这很有点诗意。其实李三麻子对我的二伯母无从想象，因为他根本没有见过我的二伯母。

正堂屋对面，隔一个天井，是穿堂。

穿堂对面原来有一排三开间的房子，是我的叔曾祖父的一个老姨太太住的。房子很旧了，屋顶上长了很多瓦松，隔扇上糊的白纸都已成了灰色。这位老姨太太多年衰病，总是躺着。这一排房子里听不到一点声音，非常寂静，只有这位老姨太太的女儿——我们叫她小姑奶奶，带着孩子来住一阵，才有一点活气。

老姨太太死了，她没有儿子，由我一个叔祖父过继给她。这位叔祖父行六，我们叫他六太爷。这是个很有风趣的人，很喜欢孩子。老姨太太逢七，六太爷要来守灵烧纸。烧了纸，他弄一壶酒，慢慢喝着，给孩子讲故事——说书，说《大侠甘凤池》，一直说到深夜。因此，我们总是盼着老姨太太逢七。

祖父过六十岁的头年，把东边的房屋改建了一下，正堂屋没动，穿堂加大了。老姨太太原来住的一排房子拆了，盖了一个“敞厅”。房屋翻盖的情况我还记得，先由瓦匠头、木匠头挖出整整齐齐的一方土，供在老爷柜上。破土后，请全体瓦木匠在正堂屋吃一次饭。这顿饭的特别处是有一碗泥鳅，泥鳅我们家是不进门的，但是请瓦木匠必得有这道菜，这是规矩。我觉得这规矩对瓦木匠颇有嘲讽意味。接着是上梁竖柱，放鞭炮，撒糕馒，如式。

敞厅的特点是敞，很宽敞。盖得后，祖父的六十大寿在这里布置过寿堂，宴过客，此外就没有怎么用过，平常总是空着。我的堂姐姐有时把两张方桌拼起来，在上面缝被子。

敞厅对面，一道砖墙之外，是花园。花园原来没有园名，祖父命之曰“民圃”，因为他字铭甫，取其谐音。我父亲选了两块方砖，刻了“民圃”两个小篆，嵌在一个六角小门的额上。但是我们还是叫它花园，不叫民圃。祖父六十大寿时自撰了一副长联，末署“民圃叟六十自寿”，“民圃”字样也只在长联里出现过，别处没有用过。

西边半截的房屋大概是祖父手里盖的，格局较小，主要房屋只是两个堂屋，上堂屋和下堂屋。

上堂屋两边的套间，东侧是三房，西侧是二房。

我的二伯父早逝，我没有见过。他房间里的板壁上挂着他的八寸放大照片，半侧身，穿着一身古典燕尾服，前身无下摆，雪白的圆角硬领衬衫，一只胳臂夹着一根象牙头的短手杖，完全是年轻的英国绅士派头，很英俊。听我父亲说，二伯父是个性格很刚烈的人。他是新党，但崇拜的不是孙文而是黄兴。有一次历史教员（那时叫做“教习”）在课堂上讲了黄兴几句不恭敬的话，他上去就给了这个教员一个嘴巴子。二伯父和我父亲那时都在南京读中学（旧制中学）。他的死也跟他的负气任性的脾气有关。放暑假从南京回来，路过镇江，带着行李，镇江车站的搬运工人敲了他们一下，索价很高。二伯父一生气，把几个人的行李绑在一起，一个人就背了起来。没有走几步，一口血吐在地上，从此不起。

二伯母守节有年，她变得有些古怪。我的小说《珠子灯》里所写的孙小姐的原型，就是我的二伯母。

> 她变得有点古怪了，她屋里的东西都不许人动。王常生活着的时候是什么样子，永远是什么样子，不许挪动一点。王常生用过的手表、座钟、文具，还有他养的一盆雨花石，都放在原来的位置。孙小姐原是个爱洁成癖的人，屋里的桌子、椅子、茶壶茶杯，每天都要用清水洗三遍。自从王常生死后，除了过年之前，她亲自监督着一个从娘家陪嫁过来的女佣大洗一天之外，平常不许擦拭。里屋炕几上有一套茶具：一个白瓷的茶盘，一把茶壶，四个茶杯。茶杯倒扣着，上面落了细细的尘土。茶壶是荸荠形的

扁圆的，茶壶的鼓肚子下面落不着尘土，茶盘里就清清楚楚留下一个干净的圆印子。

她病了，说不清是什么病。除了逢年过节起来几天，其余的时间都在床上躺着，整天地躺着，除了那个女佣，没有人上她屋里去。

有一个人是常上她屋里去的，我。我去了，坐在她床前的杌凳上，陪她一会儿。她精神好的时候，教我《长恨歌》《西厢记·长亭》：

春风桃李花开日，
秋雨梧桐叶落时。
碧云天，
黄花地，
西风紧，
北雁南飞。
晓来谁染霜林醉，
总是离人泪。

也有的时候，她也会讲一点轻松一些的文学故事，念苏东坡嘲笑小妹的诗：

人前走不上三五步，

额头先到画堂前。

这样的时候，她脸上也会有一点笑意。她的记忆很好，教我念诗，都是背出来的。她背诗，抑扬顿挫，节奏很强，富于感情，因此她教过我的诗词，我一直记得很清楚。她的诗词，是邑中一个老名士教的。

她老是叫我坐在她床前吃东西，吃饭，吃点心。吃两口，她就叫我张开嘴让她看看。接着就自言自语："王二娘个猫，王二娘个猫，王二娘个猫。"不知道这是什么意思。她是王二娘，我是她的猫？有时我不在跟前，她一个人在屋里也叨咕："王二娘个猫，王二娘个猫。"

每年夏天，她要回娘家住一阵。归宁那天，且出不了房门哩。跨出来，转身又跨进去，跨出来，又跨进去。轿子等在大门口（她回娘家都是坐轿子），轿前两盏灯笼换了几次蜡烛，她还没跨出房门。

这种精神状态，我们那里叫做"魇"。

下堂屋左边是我父亲的画室，右边是"下房"，女佣住的地方。

下堂屋南，一道花瓦墙外，即是花园，墙上也有一个小六角门。

开开六角门，是一片砖墁的平地。更南，是花厅。花厅是我们这所住宅里最明亮的屋子，南边一溜全是大玻璃窗，听说我父亲年轻时常请一些朋友来，在花厅里喝酒，唱戏，吹弹歌舞，到我记事的时候，就没有看过这种热闹。花厅也总是闲着。放暑假，我们到花厅里来做假期作业。每年做酱的时候，我的祖母在花厅里摊晾煮熟的黄豆和烤过的发面饼，让豆、饼长毛发酵。花厅外的砖地上有一口大缸，装着豆酱，一口浅缸，装着甜面酱。

砖地东面，是一个花台，种着四棵很大的蜡梅花，主干都有碗口粗，每年开很多花。这种蜡梅的花心是紫檀色的。按说“磬口檀心”是蜡梅的名种，但是我们那里重白心的，叫做“冰心蜡梅”，而将檀心者起一个不好听的名称，叫“狗心蜡梅”。下雪之后，上树摘花，是我的事。蜡梅的骨朵很密。相中一大枝，折下来，养在大胆瓶里，过年。

蜡梅花的对面，是两棵桂花。一棵金桂，一棵银桂。每年秋天，吐蕊开花。桂花树下，长了一片萱草，也没人管它，自己长得很旺盛。萱花未尽开时摘下，阴干，我们那里叫做金针，北方叫做黄花菜。我小时最讨厌黄花菜，觉得淡而无味。到了北方，学做打卤面，才知道缺这玩意还不行。

桂花树后，是南北向的花瓦墙，墙上开一圆门，即北方所说的月亮门。

出圆门，是一畦菜地。我的祖母每年在这里种乌青菜，即上海人所说的塌苦菜。这块菜地土很瘦，乌青菜都不肥大，而茎叶液汁浓厚，旋摘煮食，味道极好，远胜市上买来的，叫做“起水鲜”。经霜后，叶缘皆作紫红色，尤其甜美。

菜畦左侧有一棵紫薇，一房多高，开花时乱红一片，晃人眼睛。游蜂无数——齐白石爱画的那种大个的黑蜂，穿花抢蕊，非常热闹。西侧，有一座六角亭，可以小坐。

菜畦东边有一条砖路。砖路尽处是一棵木瓜，一棵矾杏，一棵柿树，都很少结果。

树之外，是一座船亭。这是祖父六十大寿头年盖的。船头向东，两边墙上各开了海棠形的窗户。祖父盖船亭，是为了“无事此静坐”，但是他只来坐过几次，平常不来，经常锁着。隔着正面的玻璃隔扇，可以看到里面铁梨木琴几上摆着几件彝器，几把檀木椅子，萧萧爽爽。

船亭对面，有一棵很大的柳树。挨着柳树，是一个高高的花坛。花坛上原来想是栽了不少花的，但因为无人料理，只剩下一棵石榴，一丛鱼儿牡丹。鱼儿牡丹开一串一串粉红的花，花作鸡心形，像是童话里的植物。

花坛对面，是土山。这座土山不知是哪年堆成的。这些土是从园里挖出的，还是从外面运进来的，均不知道。土山左脚，种了两棵碧桃，一棵白的，一棵浅红的。碧桃花其实是很好看的，花开得很繁茂，花期也长，应该对它珍贵一点，但是大家都不把它当回事，也许因为它花开得太多，也太容易养活了。土山正面，种了四棵香橼，每年都要结很多。香橼就是“橘逾淮南则为枳”的枳，但其实枳和橘是两种植物。香橼秋天成熟。香橼的香气很冲，不大好闻。但香橼花的气味是很好的，苦甜苦甜的。花白色，瓣微厚，五出深裂，如小酒盏，很好看。山顶有两棵龙爪槐，一在东，一在西。西边的一棵是我的读书树。我常常爬上去，在分杈的树干上靠好，带一块带筋的干牛肉或一块榨菜，一边慢慢嚼着，一边看小说。土山外隔一道墙是一个尼庵，靠在树上可以看见小尼姑从井里汲水浇菜。这尼庵的尼姑是带发修行的，因此我看的小尼姑是一头黑发。

从土山东边下山，是一片空地。空地上有一口很大的缸，养着很大的金鱼，这是大伯父养的。因此，在我们的印象里这一边是大爷的地方。但是我们并未分家，小孩子是可以自由来去的。

金鱼缸的西北边有一架紫藤。盛花时，紫云拂地。花谢，垂下一根一根长长的刀豆。

鱼缸正北，一棵白丁香，一棵紫丁香。

丁香之左，一片紫鸢。

往南，墙边一丛金雀花。

紫鸢的东边，荒草而已。这片草地每年下面结不少甘露，我们那里叫做螺蛳菜或宝塔菜。甘露洗净后装白布袋，可入甜面酱缸腌渍。

草地之东有一排很大的冬青树。夏天开密密的小白花，也有香味。秋后结了很多紫色的胡椒粒大的果实。

冬青之外，是“草房”，堆草的屋子。我们那里烧草——芦柴，一次要置很多担草，垛积在一排空屋里。

冬青的北面，是花房，房顶南檐是玻璃盖的，原是大爷养花的地方，但他后来不养花了，花房就空着。一壁挂着一个老鹰风筝。据我父亲说这个老鹰是独脑线的——只有一根脑线。老鹰风筝是大爷年轻时放过的。听我父亲说，放上去之后，曾有真的老鹰和它打过架。空空的花房里只有两盆颇大的夹竹桃。夹竹桃红花殷殷的，我忽然觉得有些紧张，因为天忽然黑下来了，只有我一个人，在空空的花园里。

听大人说，这花园里有一个白胡子老头。这白胡子老头是神仙，还是妖怪？但是，晚上是没有人到花园里去的，东边和西边的小六角门都上了铁锁。

我们这座花园实在很难叫做花园，没有精心安排布置过，草木也都是随意种植的，常有一点半自然的状态。但是这确是我童年的乐园，我在这里掬过很多蟋蟀，捉过知了、天牛、蜻蜓，捅过马蜂窝——这马蜂窝结在冬青树上，有蒲扇大！

旧病杂忆

对口

那年我还小，记不清是几岁了。我母亲故去后，父亲晚上带着我睡。我觉得脖子后面不舒服。父亲拿灯照照，肿了，有一个小红点。半夜又照照，有一个小桃子大了。天亮再照照，有一个莲子盅大了。父亲说：坏了，是对口！

“对口”是长在第三节颈椎处的恶疮，因为正对着嘴，故名“对口”，又叫“砍头疮”。过去刑人，下刀处正在这个地方。——杀头不是乱砍的，用刀在第三颈节处使巧劲一推，脑袋就下来了，“身首异处”。“对口”很厉害，弄不好会把脖子烂通。——那成什么样子！

父亲拉着我去看张冶青。张冶青是我父亲的朋友，是西医外科医生，但是他平常极少为人治病，在家闲居。他叫我趴在茶几上，看了看，哆里哆嗦地找出一包手术刀，挑了一把，在酒精灯上烧了烧。这位张先生，连麻药都没有！我父亲在我嘴里塞了一颗蜜枣，我还没有一点准备，只听得“呼”的一声，张先生已经把我的对口豁开了。他怎么挤脓挤血，我都没看见，因为我趴着。他拿出一卷绷带，搓成条，蘸上药，——好像主要就是凡士林，用一个镊子一截一截塞进我的刀口，好长一段！这是我看见的。我没有觉得疼，因为这个对口已经熟透了，只觉得往里塞绷带时怪痒痒。都塞进去了，发胀。

我的蜜枣已经吃完了，父亲又塞给我一颗，回家！

张先生嘱咐第二天去换药。把绷带条抽出来，再用新的蘸了药的绷带条塞进去。换了三四次。我注意塞进去的绷带条越来越短了。不几天，就收口了。

张先生对我父亲说："令郎真行，哼都不哼一声！"干吗要哼呢？我没觉得怎么疼。

以后，我这一辈在遇到生理上或心理上的病痛时，我很少哼哼。难免要哼，但不是死去活来，弄得别人手足无措，惶惶不安。

现在我的后颈至今还落下了个疤瘌。

衔了一颗蜜枣，就接受手术，这样的人大概也不多。

疟疾

我每年要发一次疟疾，从小学到高中，一年不落，而且有准季节。每年桃子一上市的时候，就快来了，等着吧。

有青年作家问爱伦堡：头疼是什么感觉？他想在小说里写一个人头疼。爱伦堡说：这么说你从来没有头疼过，那你真是幸福！头疼的感觉是没法说的。中国（尤其是北方）很多人是没有得过疟疾的。如果有一位青年作家叫我介绍一下疟疾的感觉，我也没有办法。起先是发冷，来了！大老爷升堂了！——我们那里把疟疾开始发作，叫作“大老爷升堂”，不知是何道理。赶紧钻被窝。冷！盖了两床厚棉被还是冷，冷得牙齿得得地响。冷过了，发热，浑身发烫。而且，剧烈地头疼。有一首散曲咏疟疾：“冷时节似冰凌上坐，热时节似蒸笼里卧，疼时节疼得天灵破，天呀天，似这等寒来暑往人难过！”反正，这滋味不大好受。好了！出汗了！大汗淋漓，内衣湿透，遍体轻松，疟疾过去了，“大老爷退堂”。擦擦额头的汗，饿了！坐起来，粥已经煮好了，就一碟甜酱小黄瓜，喝粥。香啊！

杜牧诗云：“忍过事则喜”，对于疟疾也只有忍之一法。挺挺，就过来了，也吃几剂汤药（加减小柴胡汤之类），不管事。发了三次之后，都还是吃“蓝印金鸡纳霜”（即奎宁片）解决问题。我父亲说我是阴虚，有一年让我吃了好些海参。每天吃海参，真不错！不过还是没有断根。一直到一九三九年，生了一场恶性疟疾，我身体内部的“古老又古老的疟原虫”才跟我彻底告别。

恶性疟疾是在越南得的。我从上海坐船经香港到河内，乘滇越铁路火车到昆明去考大学。到昆明寄住在同济中学的学生宿舍里，通过一个间接的旧日同学的关系。住了没有几天，病倒了。同济中学的那个学生把我弄到他们的校医室，验了血，校医说我血里有好几种病菌，包括伤寒病菌什么的，叫赶快送医院。

到医院，护士给我量了量体温，体温超过四十度。护士二话不说，先给我打了一针强心针。我问：“要不要写遗书？”

护士嫣然一笑："怕你烧得太厉害，人受不住！"

抽血，化验。

医生看了化验结果，说有多种病菌潜伏，但是主要问题是恶性疟疾。开了注射药针。过了一会，护士拿了注射针剂来。我问："是什么针？"

"606。"

我赶紧声明，我生的不是梅毒，我从来没有……

"这是治疗恶性疟疾的特效药。奎宁、阿脱平，对你已经不起作用。"

606，疟原虫、伤寒菌，还有别的不知什么菌，在我的血管里混战一场。最后是606胜利了。病退了，但是人很"吃亏"，医生规定只能吃藕粉。藕粉这东西怎么能算是"饭"呢？我对医院里的藕粉印象极不佳，并从此在家里也不吃藕粉。后来可以喝蛋花汤。蛋花汤也不能算饭呀！

我要求出院，医生不准。我急了，说，我到昆明是来考大学的，明天就是考期，不让我出院，那怎么行！

医生同意了。

喝了一肚子蛋花汤，晕晕乎乎地进了考场。天可怜见，居然考取了！

自打生了一次恶性疟疾，我的疟疾就除了根，半个多世纪以来，没有复发过。也怪。

牙疼

我从大学时期，牙就不好。一来是营养不良，饥一顿，饱一顿；二来是不讲口腔卫生。有时买不起牙膏，常用食盐、烟灰胡乱地刷牙。又抽烟，又喝酒。于是牙齿齲蛀，时常发炎，——牙疼。牙疼不很好受，但不至于像契诃夫小说《马姓》里的老爷一样疼得吱哇乱叫。“牙疼不是病，疼起来要人命”，不见得。我对牙疼泰然置之，而且有点幸灾乐祸地想：我倒看你疼出一朵什么花来！我不会疼得“五心烦躁”，该咋着还咋着。照样活动。腮帮子肿得老高，还能谈笑风生，语惊一座。牙疼于我何有哉！

不过老疼，也不是个事。有一只槽牙，已经活动，每次牙疼，它是祸始。我于是决心拔掉它。昆明有一个修女，又是牙医，据说治牙很好，又收费甚低，我于是攒借了一点钱，想去找这位修女。她在一个小教堂的侧门之内“悬壶”。不想到了那里，侧门紧闭，门上贴了一个字条：修女因事离开昆明，休诊半个月。我当时这个高兴呀！王子猷雪夜访戴，乘兴而去，兴尽而归，何必见戴！我拿了这笔钱，到了小西门马家牛肉馆，要了一盘冷拼，四两酒，美美地吃了一顿。

昆明七年，我没有治过一次牙。

在上海教书的时候，我听从一个老同学母亲的劝告，到她熟识的私人开业的牙医处让他看看我的牙。这位牙科医生，听他的姓就知道是广东人，姓麦。他拔掉我的早已糟朽不堪的槽牙。他的“手艺”（我一直认为治牙镶牙是一门手艺）如何，我不知道，但是我对他很有好感，因为他的候诊室里有一本A·纪德的《地粮》。牙科医生而读纪德，此人不俗！

到了北京，参加剧团，我的牙越发地不行，有几颗跟我陆续辞行了。有人劝我去装一副假牙，否则尚可效力的牙齿会向空缺的地方发展。通过一位名琴师的介绍，我去找了一位牙医。此人是京剧票友，唱大花脸。他曾为马连良做过一枚内外纯金的金牙。他拔掉我的两颗一提溜就下来的病牙，给我做了一副假牙。说："你这样就可以吃饭了，可以说话了。"我还是应该感谢这位票友牙医，这副假牙让我能吃爆肚，虽然我觉得他颇有江湖气，不像上海的麦医生那样有书卷气。

"文化大革命"中，我正要出剧团的大门，大门"哐"的一声被踢开，正摔在我的脸上。我当时觉得嘴里乱七八糟！吐出来一看，我的上下四颗门牙都被震下来了，假牙也断成了两截。踢门的是一个翻跟头的武戏演员，没有文化。就是他，有一天到剧团来大声嚷嚷："同志们！告诉你们一个好消息，往后吃油饼便宜了！"——"怎么啦？"——"大庆油田出油了！"这人一向是个冒失鬼。剧团的大门是可以里外两面开的玻璃门，玻璃上糊了一层报纸，他看不见里面有人出来。这小子不推门，一脚踹开了。他直道歉："对不起！对不起！"我说："没事儿！没事儿！你走吧！"对这么个人，我能说什么呢？他又不是有心。掉了四颗门牙，竟没有流一滴血，可见这四颗牙已经衰老到什么程度，掉了就掉了吧。假牙左边半截已经没有用处，右边的还能凑合一阵。我就把这半截假牙单摆浮搁地安在牙床上，既没有钩子，也没有套子，嗨，还真能嚼东西。当然也有不方便处：一、不能吃脆萝卜（我最爱吃萝卜）；二、不能吹笛子了（我的笛子原来是吹得不错的）。

这样对付了好几年。直到一九八六年我随中国作家代表团访问香港前，我才下决心另装一副假牙。有人跟我说："瞧你那嘴牙，七零八落，简直有伤国体！"

我找到一个小医院，建筑工人医院。医院的一个牙医师小宋是我的读者，可以不用挂号、排队，进门就看。小宋给我检查了一下，又请主任医师来看看。这位主任用镊子依次掰了一下我的牙，说："都得拔了。全部'二度动摇'。做一副满口。这么凑合，不行。做一副，过两天，又掉了，又得重做，多麻烦！"我说："行！不过再有一个月，我就要到香港去，拔牙、安牙，来得及吗？"——"来得及。"主任去准备麻药，小宋悄悄跟我说："我们主任，是在日本学的。她的劲儿特别大，出名的手狠。"我的硕果仅存的十一颗牙，一个星期，分三次，全部拔光。我于拔牙，可谓曾经沧海，不在乎。不过拔牙后还得修理牙床骨，——因为牙掉的先后不同，早掉的牙床骨已经长了突起的骨质小骨朵，得削平了。这位主任真是大刀阔斧，不多一会，就把我的牙骨铲平了。小宋带我到隔壁找做牙的技师小马，当时就咬了牙印。

一般拔牙后要经一个月，等伤口长好才能装假牙。但有急需，也可以马上就做，这有个专用名词，叫作"即刻"。

"即刻"本是权宜之计，小马让我从香港回来再去做一副。我从香港回来，找了小马，小马把我的假牙看了看，问我："有什么不舒服吗？”——“没有。”——“那就不用再做了，你这副很好。”

我从拔牙到装上假牙，一共才用了两个星期，而且一次成功，少有。这副假牙我一直用到现在。

常见很多人安假牙老不合适，不断修理，一再重做，最后甚至就不再戴。我想，也许是因为假牙做得不好，但是也由于本人不能适应，稍不舒服，即觉得别扭。要能适应。假牙嘛，哪能一下就合适，开头总会格格不入的。慢慢地，等牙床和假牙已经严丝合缝，浑然一体，就好了。

凡事都是这样，要能适应、习惯、凑合。

多年父子成兄弟

这是我父亲的一句名言。

父亲是个绝顶聪明的人。他是画家，会刻图章，画写意花卉。图章初宗浙派，中年后治汉印。他会摆弄各种乐器，弹琵琶，拉胡琴，笙箫管笛，无一不通。他认为乐器中最难的其实是胡琴，看起来简单，只有两根弦，但是变化很多，两手都要有功夫。他拉的是老派胡琴，弓子硬，松香滴得很厚——现在拉胡琴的松香都只滴了薄薄的一层，他的胡琴音色刚亮。胡琴码子都是他自己刻的，他认为买来的不中使。他养蟋蟀养金铃子，他养过花，他养的一盆素心兰在我母亲病故那年死了，从此他就不再养花。我母亲死后，他亲手给她做了几箱子冥衣——我们那里有烧冥衣的风俗。按照母亲生前的喜好，选购了各种花素色纸作衣料，单夹皮棉，四时不缺。他做的皮衣能分得出小麦穗、羊羔、灰鼠、狐肷。

父亲是个很随和的人，我很少见他发过脾气，对待子女，从无疾言厉色。他爱孩子，喜欢孩子，爱跟孩子玩，带着孩子玩。我的姑妈称他为“孩子头”。春天，不到清明，他领一群孩子到麦田里放风筝。

放的是他自己糊的蜈蚣（我们那里叫“百脚”），是用染了色的绢糊的。放风筝的线是胡琴的老弦。老弦结实而轻，这样风筝可笔直地飞上去，没有“肚儿”。用胡琴弦放风筝，我还未见过第二人。清明节前，小麦还没有“起身”，是不怕践踏的，而且越踏会越长得旺。孩子们在屋里闷了一冬天，在春天的田野里奔跑跳跃，身心都极其畅快。他用钻石刀把玻璃裁成不同形状的小块，再一块一块斗拢，接缝处用胶水粘牢，做成小桥、小亭子、八角玲珑水晶球。桥、亭、球是中空的，里面养了金铃子。从外面可以看到金铃子在里面自在爬行，振翅鸣叫。他会做各种灯。用浅绿透明的“鱼鳞纸”扎了一只纺织娘，栩栩如生。用西洋红染了色，上深下浅，通草做花瓣，做了一个重瓣荷花灯，真是美极了。用小西瓜（这是拉秧的小瓜，因其小，不中吃，叫作“打瓜”或“笃瓜”）上开小口挖净瓜瓤，在瓜皮上雕镂出极细的花纹，做成西瓜灯。我们在这些灯里点了蜡烛，穿街过巷，邻居的孩子都跟过来看，非常羡慕。

父亲对我的学业是关心的，但不强求。我小时候，国文成绩一直是全班第一。我的作文，时得佳评，他就拿出去到处给人看。我的数学不好，他也不责怪，只要能及格，就行了。他画画，我小时也喜欢画画，但他从不指点我。他画画时，我在旁边看，其余时间由我自己乱翻画谱，瞎抹。我对写意花卉那时还不太会欣赏，只是画一些鲜艳的大桃子，或者我从来没有见过的瀑布。我小时字写得不错，他倒是给我出过一点主意。在我写过一阵“圭峰碑”和“多宝塔”以后，他建议我写写“张猛龙”。这建议是很好的，到现在我写的字还有“张猛龙”的影响。我初中时爱唱戏，唱青衣，我的嗓子很好，高亮甜润。在家里，他拉胡琴，我唱。我的同学有几个能唱戏的。学校开园乐会，他应我的邀请，到学校去伴奏。几个同学都只是清唱，有一个姓费的同学借到一顶纱帽，一件蓝官衣，扮起来唱“朱砂井”，但是没有配角，没有衙役，没有犯人，只是一个赵廉，摇着马鞭在台上走了两圈，唱了一段“郿坞县在马上心神不定”便完事下场。父亲那么大的人陪着几个孩子玩了一下午，还挺高兴。我十七岁初恋，暑假里，在家写情书，他在一旁瞎出主意。我十几岁就学会了抽烟喝酒。他喝酒，给我也倒一杯。抽烟，一次抽出两根，他一根我一根。他还总是先给我点上火。我们的这种关系，他人或以为怪。父亲说：“我们是多年父子成兄弟。”

我和儿子的关系也是不错的。我戴了“右派分子”的帽子下放张家口农村劳动，他那时还从幼儿园刚毕业，刚刚学会汉语拼音，用汉语拼音给我写了第一封信。我也只好赶紧学会汉语拼音，好给他写回信。“文化大革命”期间，我被打成“黑帮”，送进“牛棚”。偶尔回家，孩子们对我还是很亲热。我的老伴告诫他们：“你们要和爸爸‘划清界限’。”儿子反问母亲：“那你怎么还给他打酒？”

只有一件事，两代之间，曾有分歧。他下放山西忻县“插队落户”，按规定，春节可以回京探亲。我们等着他回来。不料他同时带回了一个同学。这个同学在北京已经没有家。按照大队的规定是不能回北京的，但是孩子很想回北京，在一伙同学的秘密帮助下，我的儿子就偷偷地把他带回来了。他连“临时户口”也不能上，是个“黑人”，我们留他在家住，等于“窝藏”了他。公安局随时可以来查户口，街道办事处的大妈也可能举报。当时人人自危，自顾不暇，儿子惹了这么一个麻烦，使我们非常为难。我和老伴把他叫到我们的卧室，对他的冒失行为表示不满，我责备他：“怎么事前也不和我们商量一下！”我的儿子哭了，哭得很委屈，很伤心。我们当时立刻明白了：他是对的，我们是错的。我们这种怕担干系的思想是庸俗的。我们对儿子和同学之间的义气缺乏理解，对他的感情不够尊重。他的同学在我们家一直住了四十多天，才离去。

对儿子的几次恋爱，我采取的态度是“闻而不问”。了解，但不干涉。我们相信他自己的选择、他的决定。最后，他悄悄和一个小学时期女同学好上了，结了婚。有了一个女儿，已近七岁。

我的孩子有时叫我“爸”，有时叫我“老头子”，连我的孙女也跟着叫。我的亲家母说这孩子“没大没小”。我觉得一个现代化的、充满人情味的家庭，首先必须做到“没大没小”。父母叫人敬畏，儿女“笔管条直”最没有意思。

儿女是属于他们自己的。他们的现在，和他们的未来，都应由他们自己来设计。一个想用自己理想的模式塑造自己的孩子的父亲是愚蠢的，而且，可恶！另外作为一个父亲，应该尽量保持一点童心。

昆明的雨

宁坤要我给他画一张画，要有昆明的特点。我想了一些时候，画了一幅：右上角画了一片倒挂着的浓绿的仙人掌，末端开出一朵金黄色的花：左下画了几朵青头菌和牛肝菌。题了这样几行字：

> 昆明人家常于门头挂仙人掌一片以辟邪，仙人掌悬空倒挂，尚能存活开花。于此可见仙人掌生命之顽强，亦可见昆明雨季空气之湿润。雨季则有青头菌、牛肝菌，味极鲜腴。

我想念昆明的雨。

我以前不知道有所谓雨季。“雨季”，是到昆明以后才有了具体感受的。

我不记得昆明的雨季有多长，从几月到几月，好像是相当长的。但是并不使人厌烦。因为是下下停停、停停下下，不是连绵不断，下起来没完。而且并不使人气闷。我觉得昆明雨季气压不低，人很舒服。

昆明的雨季是明亮的、丰满的，使人动情的。城春草木深，孟夏草木长。昆明的雨季，是浓绿的。草木的枝叶里的水分都到了饱和状态，显示出过分的、近于夸张的旺盛。

我的那张画是写实的。我确实亲眼看见过倒挂着还能开花的仙人掌。旧日昆明人家门头上用以辟邪的多是这样一些东西：一面小镜子，周围画着八卦，下面便是一片仙人掌，——在仙人掌上扎一个洞，用麻线穿了，挂在钉子上。昆明仙人掌多，且极肥大。有些人家在菜园的周围种了一圈仙人掌以代替篱笆。——种了仙人掌，猪羊便不敢进园吃菜了。仙人掌有刺，猪和羊怕扎。

昆明菌子极多。雨季逛菜市场，随时可以看到各种菌子。最多，也最便宜的是牛肝菌。牛肝菌下来的时候，家家饭馆卖炒牛肝菌，连西南联大食堂的桌子上都可以有一碗。牛肝菌色如牛肝，滑，嫩，鲜，香，很好吃。炒牛肝菌须多放蒜，否则容易使人晕倒。青头菌比牛肝菌略贵。这种菌子炒熟了也还是浅绿色的，格调比牛肝菌高。菌中之王是鸡纵，味道鲜浓，无可方比。鸡纵是名贵的山珍，但并不真的贵得惊人。一盘红烧鸡纵的价钱和一碗黄焖鸡不相上下，因为这东西在云南并不难得。有一个笑话：有人从昆明坐火车到呈贡，在车上看到地上有一棵鸡纵，他跳下去把鸡纵捡了，紧赶两步，还能爬上火车。这笑话用意在说明昆明到呈贡的火车之慢，但也说明鸡纵随处可见。有一种菌子，中吃不中看，叫作干巴菌。乍一看那样子，真叫人怀疑：这种东西也能吃？！颜色深褐带绿，有点像一堆半干的牛粪或一个被踩破了的马蜂窝。里头还有许多草茎、松毛，乱七八糟！可是下点功夫，把草茎、松毛择净，撕成蟹腿肉粗细的丝，和青辣椒同炒，入口便会使你张目结舌：这东西这么好吃？！还有一种菌子，中看不中吃，叫鸡油菌。都是一般大小，有一块银圆那样大，滴溜儿圆，颜色浅黄，恰似鸡油一样。这种菌子只能做菜时配色用，没甚味道。

雨季的果子，是杨梅。卖杨梅的都是苗族女孩子，戴一顶小花帽子，穿着扳尖的绣了满帮花的鞋，坐在人家阶石的一角，不时吆唤一声："卖杨梅——"声音娇娇的。她们的声音使得昆明雨季的空气更加柔和了。昆明的杨梅很大，有一个乒乓球那样大，颜色黑红黑红的，叫作"火炭梅"。这个名字起得真好，真是像一球烧得炽红的火炭！一点都不酸！我吃过苏州洞庭山的杨梅、井冈山的杨梅，好像都比不上昆明的火炭梅。

雨季的花是缅桂花。缅桂花即白兰花，北京叫作"把儿兰"（这个名字真不好听）。云南把这种花叫作缅桂花，可能最初这种花是从缅甸传入的，而花的香味又有点像桂花，其实这跟桂花实在没有什么关系。——不过话又说回来，别处叫它白兰、把儿兰，它和兰花也挨不上呀，也不过是因为它很香，香得像兰花。我在家乡看到的白兰多是一人高，昆明的缅桂是大树！我在若园巷二号住过，院里有一棵大缅桂，密密的叶子，把四周房间都映绿了。缅桂盛开的时候，房东（是一个五十多岁的寡妇）就和她的一个养女，搭了梯子上去摘，每天要摘下来好些，拿到花市上去卖。她大概是怕房客们乱摘她的花，时常给各家送去一些。有时送来一个七寸盘子，里面摆得满满的缅桂花！带着雨珠的缅桂花使我的心软软的，不是怀人，不是思乡。

雨，有时是会引起人一点淡淡的乡愁的。李商隐的《夜雨寄北》

是为许多久客的游子而写的。我有一天在积雨少住的早晨和德熙从联大新校舍到莲花池去。看了池里的满池清水，看了着比丘尼装的陈圆圆的石像（传说陈圆圆随吴三桂到云南后出家，暮年投莲花池而死），雨又下起来了。莲花池边有一条小街，有一个小酒店，我们走进去，要了一碟猪头肉，半市斤酒（装在上了绿釉的土瓷杯里），坐了下来。雨下大了。酒店有几只鸡，都把脑袋反插在翅膀下面，一只脚着地，一动也不动地在檐下站着。酒店院子里有一架大木香花。昆明木香花很多。有的小河沿岸都是木香。但是这样大的木香却不多见。一棵木香，爬在架上，把院子遮得严严的。密匝匝的细碎的绿叶，数不清的半开的白花和饱涨的花骨朵，都被雨水淋得湿透了。我们走不了，就这样一直坐到午后。四十年后，我还忘不了那天的情味，写了一首诗：

莲花池外少行人，
野店苔痕一寸深。
浊酒一杯天过午，
木香花湿雨沉沉。

我想念昆明的雨。

新校舍

西南联大的校舍很分散。有一些是借用原先的会馆、祠堂、学校，只有新校舍是联大自建的，也是联大的主体。这里原来是一片坟地，坟主的后代大都已经式微或他徙了，联大征用了这片地并未引起麻烦。有一座校门，极简陋，两扇大门是用木板钉成的，不施油漆，露着白茬。门楣横书大字："国立西南联合大学。"进门是一条贯通南北的大路。路是土路，到了雨季，接连下雨，泥泞没足，极易滑倒。大路把新校舍分为东西两区。

路以西，是学生宿舍。土墙，草顶。两头各有门。窗户是在墙上留出方洞，直插着几根带皮的树棍。空气是很流通的，因为没有人爱在窗洞上糊纸，当然更没有玻璃。昆明气候温和，冬天从窗洞吹进一点风，也不要紧。宿舍是大统间，两边靠墙，和墙垂直，各排了十张双层木床。一张床睡两个人，一间宿舍可住四十人。我没有留心过这样的宿舍共有多少间。我曾在二十五号宿舍住过两年。二十五号不是最后一号。如果以三十间计，则新校舍可住一千二百人。联大学生约三千人，工学院住在拓东路迤西会馆；女生住"南院"，新校舍住的是文、理、法三院的男生。估计起来，可以住得下。学生并不老老实实地让双层床靠墙直放，向右看齐，不少人给它重新组合，把三张床拼成一个 U 字，外面挂上旧床单或钉上纸板，就成了一个独立天地，屋中之屋。结邻而居的，多是谈得来的同学。也有的不是自己选择的，是学校派定的。我在二十五号宿舍住的时候，睡靠门的上铺，和下铺的一位同学几乎没有见过面。他是历史系的，姓刘，河南人。他是个农家子弟，到昆明来考大学是由河南自己挑了一担行李走来的。——到昆明来考联大的，多数是坐公共汽车来的，乘滇越铁路火车来的，但也有利用很奇怪的交通工具来的。物理系有个姓应的学生，是自己买了一头毛驴，从西康骑到昆明来的。我和历史系同学怎么会没有见过面呢？他是个很用功的老实学生，每天黎明即起，到树林里去读书。我是个夜猫子，天亮才回床睡觉。一般说，学生搬床位，调换宿舍，学校是不管的，从来也没有办事职员来查看过。有人占了一个床位，却终年不来住。也有根本不是联大的，却在宿舍里住了几年。有一个青年小说家曹卣，——他很年轻时就在《文学》这样的大杂志上发表过小说，他是同济大学的，却住在二十五号宿舍。也不到同济上课，整天在二十五号写小说。

桌椅是没有的。很多人去买了一些肥皂箱。昆明肥皂箱很多，也很便宜。一般三个肥皂箱就够用了。上面一个，面上糊一层报纸，是书桌。下面两层放书，放衣物，这就书橱、衣柜都有了。椅子？——床就是。不少未来学士在这样的肥皂箱桌面上写出了洋洋洒洒的论文。

宿舍区南边，校门围墙西侧以里，是一个小操场。操场上有一副单杠和一副双杠。体育主任马约翰带着大一学生在操场上上体育课。马先生一年四季只穿一件衬衫，一件西服上衣，下身是一条猎裤，从不穿毛衣、大衣。面色红润，连光秃秃的头顶也红润，脑后一圈雪白的鬈发。他上体育课不说中文，他的英语带北欧口音。学生列队，他要求学生必须站直："Boys！ You must keep your body straight！"我年轻时就有点驼背，始终没有 straight 起来。

操场上有一个篮球场，很简陋。遇有比赛，都要临时画线，现结篮网，但是很多当时的篮球名将如唐宝华、牟作云……都在这里展过身手。

大路以东，有一条较小的路。这条路经过一个池塘，池塘中间有一座大坟，成为一个岛。岛上开了很多野蔷薇，花盛时，香扑鼻。这个小岛是当初规划新校舍时特意留下的。于是成了一个景点。

往北，是大图书馆。这是新校舍惟一的瓦顶建筑。每天一早，就有一堆学生在外面等着。一开门，就争先进去，抢座位（座位不很多），抢指定参考书（参考书不够用）。晚上十点半钟。图书馆的电灯还亮着，还有很多学生在里面看书。这都是很用功的学生。大图书馆我只进去过几次。这样正襟危坐，集体苦读，我实在受不了。

图书馆门前有一片空地。联大没有大会堂，有什么全校性的集会便在这里举行。在图书馆关着的大门上用摁钉摁两面党国旗，也算是会场。我入学不久，张清常先生在这里教唱过联大校歌（校歌是张先生谱的曲），学唱校歌的同学都很激动。每月一号，举行一次"国民月会"，全称应是"国民精神总动员月会"，可是从来没有人用全称，实在太麻烦了。国民月会有时请名人来演讲，一般都是梅贻琦校长讲讲话。梅先生很严肃，面无笑容，但说话很幽默。有一阵昆明闹霍乱，梅先生劝大家不要在外面乱吃东西，说："有一位同学说，'我吃了那么多次，也没有得过一次霍乱。'这种事情是不能有第二次的。"开国民月会时，没有人老实站着，都是东张西望，心不在焉。有一次，我发现青天白日满地红的国旗的太阳竟是十三只角（按规定应是十二只）！

"一二·一惨案"（国民党军队枪杀三位同学、一位老师）发生后，大图书馆曾布置成死难烈士的灵堂，四壁都是挽联，灵前摆满了花圈，大香大烛，气氛十分肃穆悲壮。那两天昆明各界前来吊唁的人络绎于途。

大图书馆后面是大食堂。学生吃的饭是通红的糙米，装在几个大木桶里，盛饭的瓢也是木头的，因此饭有木头的气味。饭里什么都有：砂粒、耗子屎……被称为"八宝饭"。八个人一桌，四个菜，装在酱色的粗陶碗里。菜多盐而少油。常吃的菜是煮芸豆，还有一种叫做魔芋豆腐的灰色的凉粉似的东西。

大图书馆的东面，是教室。土墙，铁皮顶。铁皮上涂了一层绿漆。有时下大雨，雨点敲得铁皮丁丁当当地响。教室里放着一些白木椅子。椅子是特制的，右手有一块羽毛球拍大小的木板，可以在上面记笔记。椅子是不固定的，可以随便搬动，从这间教室搬到那间。吴宓先生上"红楼梦研究"课，见下面有女生没有坐下，就立即走到别的教室去搬椅子。一些颇有骑士风度的男同学于是追随吴先生之后，也去搬。到女同学都落座，吴先生才开始上课。

我是个吊儿郎当的学生，不爱上课。有的教授授课是很严格的。教西洋通史（这是文学院必修课）的是皮名举。他要求学生记笔记，还要交历史地图。我有一次画了一张马其顿王国的地图，皮先生在我的地图上批了两行字：“阁下所绘地图美术价值甚高，科学价值全无。”第一学期期终考试，我得了三十七分。第二学期我至少得考八十三分，这样两学期平均，才能及格，这怎么办？到考试时我拉了两个历史系的同学，一个坐在我的左边，一个坐在我的右边。坐在右边的同学姓钮，左边的那个忘了。我就抄左边的同学一道答题，又抄右边的同学一道。公布分数时，我得了八十五分，及格还有富余！

朱自清先生教课也很认真。他教我们宋诗。他上课时带一沓卡片，一张一张地讲。要交读书笔记，还要月考、期考。我老是缺课，因此朱先生对我印象不佳。

多数教授讲课很随便。刘文典先生教《昭明文选》，一个学期才讲了半篇木玄虚的《海赋》。

闻一多先生上课时，学生是可以抽烟的。我上过他的“楚辞”。上第一课时，他打开高一尺又半的很大的毛边纸笔记本，抽上一口烟，用顿挫鲜明的语调说：“痛饮酒，熟读《离骚》——乃可以为名士。”他讲唐诗，把晚唐诗和后期印象派的画联系起来讲。这样讲唐诗，别的大学里大概没有。闻先生的课都不考试，学期终了交一篇读书报告即可。

唐兰先生教词选，基本上不讲。打起无锡腔调，把词“吟”一遍：“‘双鬟隔香红啊——玉钗头上风……’好！真好！”这首词就算讲过了。

西南联大的课程可以随意旁听。我听过冯文潜先生的美学。他有一次讲一首词：

汴水流，
泗水流，
流到瓜洲古渡头，
吴山点点愁。

冯先生说他教他的孙女念这首词，他的孙女把“吴山点点愁”念成“吴山点点头”，他举的这个例子我一直记得。

吴宓先生讲“中西诗之比较”，我很有兴趣地去听。不料他讲的第一首诗却是：

一去二三里，
烟村四五家，
楼台六七座，
八九十枝花。

我不好好上课，书倒真也读了一些。中文系办公室有一个小图书馆，通称系图书馆。我和另外一两个同学每天晚上到系图书馆看书。系办公室的钥匙就由我们拿着，随时可以进去。系图书馆是开架的，要看什么书自己拿，不需要填卡片这些麻烦手续。有的同学看书是有目的有系统的。一个姓范的同学每天摘抄《太平御览》。我则是从心所欲，随便瞎看。我这种乱七八糟看书的习惯一直保持到现在。我觉得这个习惯挺好。夜里，系图书馆很安静，只有哲学心理系有几只狗怪声嗥叫——一个教生理学的教授做实验，把狗的不同部位的神经结扎起来，狗于是怪叫。有一天夜里我听到墙外一派鼓乐声，虽然悠远，但很清晰。半夜里怎么会有鼓乐声？只能这样解释：这是鬼奏乐。我确实听到的，不是错觉。我差不多每夜看书，到鸡叫才回宿舍睡觉。——因此我和历史系那位姓刘的河南同学几乎没有见过面。

新校舍大门东边的围墙是“民主墙”。墙上贴满了各色各样的壁报，左、中、右都有。有时也有激烈的论战。有一次三青团办的壁报有一篇宣传国民党观点的文章，另一张“群社”编的壁报上很快就贴出一篇反驳的文章，批评三青团壁报上的文章是“咬着尾巴兜圈子”。这批评很尖刻，也很形象。“咬着尾巴兜圈子”是狗。事隔近五十年，我对这一警句还记得十分清楚。当时有一个“冬青社”（联大学生社团甚多），颇有影响。冬青社办了两块壁报，一块是《冬青诗刊》，一块就叫《冬青》，是刊载杂文和漫画的。冯友兰先生、查良钊先生、马约翰先生，都曾经被画进漫画。冯先生、查先生、马先生看了，也并不生气。

除了壁报，还有各色各样的启事。有的是出让衣物的。大都是八成新的西服、皮鞋。出让的衣物就放在大门旁边的校警室里，可以看货付钱。也有寻找失物的启事，大都写着：“鄙人不慎，遗失了什么东西，如有捡到者，请开示姓名住处，失主即当往取，并备薄酬。”

所谓“薄酬”，通常是五香花生米一包。有一次有一位同学贴出启事：“寻找眼睛。”另一位同学在他的启事标题下用红笔画了一个大问号。他寻找的不是“眼睛”，是“眼镜”。

新校舍大门外是一条碎石块铺的马路。马路两边种着高高的柚加利树（即桉树，云南到处皆有）。

马路北侧，挨新校的围墙，每天早晨有一溜卖早点的摊子。最受欢迎的是一个广东老太太卖的煎鸡蛋饼。一个瓷盆里放着鸡蛋加少量的水和成的稀面，舀一大勺，摊在平铛上，煎熟，加一把葱花。广东老太太很舍得放猪油。鸡蛋饼煎得两面焦黄，猪油吱吱作响，喷香。一个鸡蛋饼直径一尺，卷而食之，很解馋。

晚上，常有一个贵州人来卖馄饨面。有时馄饨皮包完了，他就把馄饨馅拨在汤里下面。问他：“你这叫什么面？”贵州老乡毫不迟疑地说：“桃花面！”

马路对面常有一个卖水果的。卖桃子，“面核桃”和“离核桃”，卖泡梨——棠梨泡在盐水里，梨肉转为极嫩、极脆。

晚上有时有云南兵骑马由东面驰向西面，马蹄铁敲在碎石块的尖棱上，迸出一朵朵火花。

有一位曾在联大任教的作家教授在美国讲学。美国人问他：西南联大八年，设备条件那样差，教授、学生生活那样苦，为什么能出那样多的人才？——有一个专门研究联大校史的美国教授以为联大八年，出的人才比北大、清华、南开三十年出的人才都多。为什么？这位作家回答了两个字：自由。

第五章

花枝一束故人香

为人天真到像一个孩子，对生活充满兴趣，不管在什么环境下永远不消沉沮丧，无机心，少俗虑。

闹市闲民

我每天在西四倒101路公共汽车回甘家口。直对101站牌有一户人家。一间屋，一个老人。天天见面，很熟了。有时车老不来，老人就搬出一个马扎儿来："车还得会子，坐会儿。"

屋里陈设非常简单（除了大冬天，他的门总是开着），一张小方桌，一个方机凳，三个马扎儿，一张床，一目了然。

老人七十八岁了，看起来不像，顶多七十岁。气色很好。他经常戴一副老式的圆镜片的浅茶晶的养目镜——这副眼镜大概是他身上唯一值钱的东西。眼睛很大，一点没有混浊，眼角有深深的鱼尾纹。跟人说话时总带着一点笑意，眼神如一个天真的孩子。上唇留了一撮疏疏的胡子，花白了。他的人中很长，唇髭不短，但是遮不住他的微厚而柔软的上唇——相书上说人中长者多长寿，信然。他的头发也花白了，向后梳得很整齐。他长年穿一套很宽大的蓝制服，天凉时套一件黑色粗毛线的很长的背心。圆口布鞋、草绿色线袜。

从攀谈中我大概知道了他的身世。他原来在一个中学当工友，早就退休了。他有家，有老伴。儿子在石景山钢铁厂当车间主任。孙子已经上初中了。老伴跟儿子。他不愿跟他们一起过，说是：“乱！”他愿意一个人。他的女儿出嫁了。外孙也大了。儿子有时进城办事，来看看他，给他带两包点心，说会子话。儿媳妇、女儿隔几个月来给他拆洗拆洗被褥。平常，他和亲属很少来往。

他的生活非常简单。早起扫扫地，扫他那间小屋，扫门前的人行道。一天三顿饭。早点是干馒头就咸菜喝白开水，中午晚上吃面，一年三百六十五天，天天如此。他不上粮店买切面，自己做，抻条，或是拨鱼儿。他的拨鱼儿真是一绝。小锅里坐上水，用一根削细了的筷子把稀面顺着碗口“赶”进锅里。他拨的鱼儿不断，一碗拨鱼儿是一根，而且粗细如一。我为看他拨鱼儿，宁可误一趟车。我跟他说：“你这拨鱼儿真是个手艺！”他说：“没什么，早一点把面和上，多搅搅。”我学着他的法子回家拨鱼儿，结果成了一锅面糊糊疙瘩汤。他吃的面总是一个味儿！浇炸酱。黄酱，很少一点肉末。黄瓜丝、小萝卜，一概不要。白菜下来时，切几丝白菜，这就是“菜码儿”。他饭量不小，一顿半斤面。吃完面，喝一碗面汤（他不大喝水），刷刷碗，坐在门前的马扎儿上，抱着膝盖看街。

我有时带点新鲜菜蔬，青蛤、海蛎子、鳝鱼、冬笋、木耳菜，他总要过来看看：“这是什么？”我告诉他是什么，他摇摇头：“没吃过。南方人会吃。”他是不会想到吃这样的东西的。

他不种花，不养鸟，也很少遛弯儿。他的活动范围很小，除了上粮店买面，上副食店买酱，很少出门。

他一生经历了很多大事。远的不说，敌伪时期，吃混合面。傅作义。解放军进城，扭秧歌，呛呛七呛七。开国大典，放礼花。没完没了的各种运动。三年自然灾害，大家挨饿。“文化大革命”。“四人帮”。“四人帮”垮台。华国锋。华国锋下台……

然而这些都与他无关，没有在他身上留下多少痕迹。他每天还是吃炸酱面——只要粮店还有白面卖，而且北京的粮价长期稳定——坐在门口马扎儿上看街。

他平平静静，没有大喜大忧，没有烦恼，无欲望亦无追求，天然恬淡，每天只是吃抻条面、拨鱼儿，抱膝闲看，带着笑意，用孩子一样天真的眼睛。

这是一个活庄子。

一辈古人

靳德斋

天王寺是高邮八大寺之一。这寺里曾藏过一幅吴道子画的观音。这是可信的。清李必恒还曾赋长诗题咏，看诗意，此人是见过这幅画的。天王寺始建于宋淳熙年，明代为倭寇焚毁（我的家乡还闹过倭寇，以前我不知道），清初重建。这幅画想是宋代传下来的。据说有一个当地方官的要去看看，从此即不知下落，这不知是什么年间的事（一说是“文化大革命”中被毁于扬州）。反正，这幅画后来没有了。

天王寺在臭河边。“臭河边”是地名，自北市口至越塘一带属于“后街”的地方都叫臭河边。有一条河，却不叫“臭河”，我到现在还没有考查出来应该叫什么河，这一带的居民则简单地称之曰“河”。天王寺濒河，山门（寺庙的山门都是朝南的）外即是河水。寺的殿宇高大，佛像也高大，但是多年没有修饰，显得暗旧。寺里僧众颇多，我们家凡做佛事，都是到天王寺去请和尚。但是寺里香火不盛，很幽静。我父亲曾于月夜到天王寺找和尚闲谈，在大殿前石坪上看到一条鸡冠蛇，他三步蹿上台阶，才没被咬着。鸡冠蛇即眼镜蛇，有剧毒，蛇不能上台阶，父亲才能逃脱，未被追上。寺庙中有蛇，本是常事，但也说明人迹稀少矣。

天王寺常常驻兵。我的小说《陈小手》里写的“天王庙”，即天王寺。驻在寺里的兵一般都很守规矩，并不骚扰百姓。我曾见一个兵半躺在探到水面上的歪脖柳树上吹箫，这是一个很独特的画境。

我是三天两头要到天王寺的，从我读的小学放学回家，倘不走正街（东大街），走后街，天王寺是必经的。我去看“烧房子”。我们那里有这样的风俗，给死去亲人烧房子。房子是到纸扎店定制的，当然要比真房子小，但人可以走进去。有厅，有室，有花园，花园里有花，厅堂里有桌有椅，有自鸣钟，有水烟袋！烧房子在天王寺的旁门（天王寺有个旁门，朝西）边的空地上。和尚敲动法器，念一通经，然后由亲属举火烧掉（房子下面都铺了稻草，一点就着）。或者什么也没得看，就从旁门进去，“随喜”一番，看看佛像，在大的青石上躺一躺。大殿里凉飕飕的，夏天，躺在青石上，窨人。

天王寺附近住过一个传奇性的人物，叫靳德斋。这人是个练武的。江湖上流传两句话：“打遍天下无敌手，谨防高邮靳德斋。”说是，有一个外地练武的，不服，远道来找靳德斋较量。靳德斋不在家，邻居说他打酱油醋去了。这人就在竺家巷（出竺家巷不远即是天王寺，我的继母和异母弟妹现在还住在竺家巷）一家茶馆里等他。有人指给他：这就是靳德斋。这人一看，靳德斋一手端着满满一碗酱油，一手端着满满一碗醋，快走如飞，但是碗里的酱油、醋却纹丝不动。这人当时就离开高邮，搭船走了。

靳德斋练的这叫什么功？两手各持酱油醋碗，行走如飞，酱油醋不动，这可能吗？不过用这种办法来表现一个武师的功夫，却是很别致的，这比挥刀舞剑，口中“嗨嗨”地乱喊，更富于想象。

我小时走过天王寺，看看那一带的民居，总想：哪一处是靳德斋曾经住过的呢？

后于靳德斋，也在天王寺附近住过的，有韩小辫。这人是教过我祖父的拳术的。清代的读书人，除了读圣贤书之外，大都还要学两样东西，一是学佛，一是学武，这是一时风气。据我父亲说，祖父年轻时腿脚是很有功夫的。他有一次下乡“看青”（看青即看作物的长势），夜间遇到一个粪坑。我们那里乡下的粪坑，多在路侧，坑满，与地平，上结薄壳，夜间不辨其为坑为地。他左脚踏上，知是粪坑，右脚使劲一跃，即越过粪坑。想一想，于瞬息之间，转换身体的重心，尽力一跃，倘无功夫，是不行的。祖父是得到韩小辫的一点传授的。韩小辫的一家都是练功的。他的夫人能把一张板凳放倒，板凳的两条腿着地，两条腿翘着，她站在翘起的板凳脚上，作骑马蹲裆势，以一块方石置于膝上，用毛笔大书“天下太平”四字，然后推石一跃而下。这是很不容易的，何况她是小脚。夫人如此，韩小辫功夫可知。这是我父亲告诉我的，不知是他亲见，还是得诸传闻。我父亲年轻时学过武艺，想不妄语。

张仲陶

《故乡的食物》有一段：

> 我父亲有一个很怪的朋友，叫张仲陶。他很有学问，曾教我读过《项羽本纪》。他薄有田产，不治生业，整天在家研究易经，算卦。他算卦用蓍草。全城只有他一个人用蓍草算卦。据说他有几卦算得极灵。有一家，丢了一只金戒指，怀疑是女佣偷了。这女佣蒙了冤枉，来求张先生算一卦。张先生算了，说戒指没有丢，在你们家炒米坛盖子上。一找，果然。我小时就不大相信，算卦怎么能算得这样准，怎么能算得出在炒米坛盖子上呢？不过他的这一卦说明了一件事，即我们那里炒米坛子是几乎家家都有的。

《故乡的食物》这几段主要是记炒米的，只是连带涉及张先生。我对张先生所知道也大概只是这一些。但可补充一点材料。

我从张先生读《项羽本纪》，似在我小学毕业那年的暑假，算起来大概是虚岁十二岁即实足年龄十岁半的时候。我是怎么从张先生读这篇文章的呢？大概是我父亲在和朋友“吃早茶”（在茶馆里喝茶，吃干丝、点心）的时候，听见张先生谈到《史记》如何如何好，《项羽本纪》写得怎样怎样生动，忽然灵机一动，就把我领到张先生家去了。我们县里那时睥睨一世的名士，除经书外，读集部书的较多，读子史者少。张先生耽于读史，是少有的。他教我的时候，我的面前放一本《史记》，他面前也有一本，但他并不怎么看，只是微闭着眼睛，朗朗地背诵一段，给我讲一段。很奇怪，除了一篇《项羽本纪》，我以后再也没有跟张先生学过什么。他大概早就不记得曾经有过一个叫汪曾祺的学生了。张先生如果活着，大概有一百岁了，我都七十一了嘛！他不会活到这时候的。

张先生原来身体就不好，很瘦，黑黑的，背微驼，除了朗读《史记》时外，他的语声是低哑的。

他的夫人是一个微胖的强壮的妇人，看起来很能干，张家的那点薄薄的田产，都是由她经管的。张仲陶诸事不问，而且还抽一点鸦片烟，其受夫人辖制，是很自然的。一个十多岁的孩子也感觉得出来，张先生有些惧内。

张先生请我父亲刻过一块图章。这块图章很好，鱼脑冻，只是很小，高约四分，长方形。我父亲给他刻了两个字，阳文：中匋。刻得很好。这两个字很好安排。他后来还请我父亲刻了两方寿山石的图章，一刻阳文，一刻阴文，文曰："珠湖野人""天涯浪迹"。原来有人撺掇他出去闯闯，以卜卦为生，图章是准备印在卦象释解上的。事情未果，他并未出门浪迹，还是在家里糗（qiǔ）着。

最近几年，《易经》忽然在全世界走俏，研究的人日多，角度多不相同，有从哲学角度的，有从史学角度的，有从社会学角度的，有从数学角度的。我于《易经》一无所知，但我觉得这主要还是一部占卜之书。我对张仲陶算的戒指在炒米坛盖子上那一卦表示怀疑，是觉得这是迷信。现在想想，也许他是有道理的。如果他把一生精研易学的心得写出来，包括他的那些卦例，会是一本很有意思的书。但是，写书，张仲陶大概想也没有想过。小说《岁寒三友》中季匋民在看了靳彝甫的祖父、父亲的画稿后，拍着画案说：“吾乡固多才俊之士，而皆困居于蓬牖之中，声名不出于里巷，悲哉！悲哉！”张仲陶不也是这样的人吗?

薛大娘

薛大娘家在臭河边的北岸，也就是臭河边的尽头，过此即为螺蛳坝，不属臭河边了。她家很好认，四边不挨人家，远远地就能看见。东边是一家米厂，整天听见碾米机烟筒砰砰的声音。西边是她们家的菜园。菜园西边是一条路，由东街抄近到北门进城的人多走这条路。路以西，也是一大片菜园，是别人家的。房是草顶碎砖的房，但是很宽敞，有堂屋，有卧室，有厢房。

薛大娘的丈夫是个裁缝，是个极其老实的人，整天不说一句话，只是在东厢房里带着两个徒弟低着头不停地缝。儿子种菜。所种似只青菜一种。我们每天上学、放学，都可以看见薛大娘的儿子用一个长柄的水舀子浇水，浇粪，水、粪扇面似的洒开，因为用水方便，下河即可担来，人也勤快，菜长得很好。相比之下，路西的菜园就显得有点荒秽不治。薛大娘卖菜。每天早起，儿子砍得满满两筐菜，在河里浸一会儿，薛大娘就挑起来上街，“鲜鱼水菜”，浸水，不止是为了上分量，也是为了鲜灵好看。我们那里的菜筐是扁圆的浅筐，但两筐菜也百十斤，薛大娘挑起来若无其事。

她把菜歇在保安堂药店的廊檐下，不到一个时辰，就卖完了。

薛大娘靠五十了——她的儿子都那样大了嘛，但不显老。她身高腰直，处处显得很健康。她穿的虽然是粗蓝布衣裤，但总是十分干净利索。她上市卖菜，赤脚穿草鞋，鞋、脚，都很干净。她当然是不打扮的，但是头梳得很光，脸洗得清清爽爽，双眼有光，扶着扁担一站，有一股英气，“英气”这个词用之于一个卖菜妇女身上，似乎不怎么合适，但是除此之外，你再也找不出一个合适的字眼。

薛大娘除了卖菜，偶尔还干另外一种营生，拉皮条，就是《水浒传》所说的“马泊六”。东大街有一些年轻女佣，和薛大妈很熟，有的叫她干妈。这些女佣都是发育到了最好的时候，一个一个亚赛鲜桃。街前街后，有一些后生家，有的还没成亲，有的娶了老婆但老婆不在身边，油头粉面，在街上一走，看到这些女佣，馋猫似的，有时一个后生看中了一个女佣求到薛大娘，薛大娘说：“等我问问。”因为彼此都见过，眉语目成，大都是答应的。薛大娘先把男的弄到西厢房里，然后悄悄把女的引来，关了房门，让他们成其好事。

我们家一个女佣，就是由于薛大娘的撮合，和一个叫龚长霞的管田禾的——管田禾是为地主料理田亩收租事务的，欢会了几次，怀上了孩子。后来是由薛大娘弄了药来，才把私孩子打掉。

薛大娘没想到别人对她有什么议论。她认为：一个有心，一个有意，我在当中搭一把手，这有什么不好？

保安堂药店的管事姓蒲，行三，店里学徒的叫他蒲三爷，外人叫他蒲先生。这药店有一个规矩：每年给店中的“同事”（店员）轮流放一个月假，回去与老婆团圆（店中“同事”都是外地人），其余十一个月都住在店里，每年打十一个月的光棍，蒲三爷自然不能例外。他才四十岁出头，人很精明，也很清秀，很潇洒（潇洒用于一个管事的身上似乎也不大合适），薛大娘给他拉拢了一个女的，这个女的不是别人，是薛大娘自己。薛大娘很喜欢蒲三，看见他就眉开眼笑，谁都看得出来，她一点也不掩饰。薛大娘趴在蒲三耳朵上，直截了当地说：“下半天到我家来。我让你……”

薛大娘不怕人知道了，她觉得他干熬了十一个月，我让他快活快活，这有什么不对？

薛大娘的道德观念和大户人家的太太小姐完全不同。

名优逸事

萧长华

萧先生八十多岁时身体还很好。腿脚利落，腰板不塌。他的长寿之道有三：饮食清淡，经常步行，问心无愧。

萧先生从不坐车。上哪儿去，都是地下走。早年在宫里“当差”，上颐和园去唱戏，也都是走着去，走着回来，从城里到颐和园，少说也有三十里。北京人说：走为百练之祖，是一点不错的。

萧老自奉甚薄。他到天津去演戏，自备伙食。一棵白菜，两刀切四爿，一顿吃四分之一。餐餐如此：窝头，熬白菜。他上女婿家去看女儿，问：“今儿吃什么呀？”——“芝麻酱拌面，炸点花椒油。”“芝麻酱拌面，还浇花椒油呀？！”

萧先生偶尔吃一顿好的：包饺子。他吃饺子还不蘸醋。四十个饺子，装在一个盘子里，浇一点醋，特喽特喽，就给“开”了。

萧先生不是不懂得吃。有人看见，在酒席上，清汤鱼翅上来了，他照样扁着筷子夹了一大块往嘴里送。

懂得吃而不吃，这是真的节俭。

萧先生一辈子挣的钱不少，都为别人花了。他买了几处“义地”，是专为死后没有葬身之所的穷苦的同行预备的。有唱戏的“苦哈哈”，死了老人，办不了事，到萧先生那儿，磕一个头报丧，萧先生问，“你估摸着，大概其得多少钱，才能把事办了哇？”一面就开箱子取钱。

赞曰：

窝头白菜，寡欲步行，

问心无愧，人间寿星。

姜妙香

姜先生真是温柔敦厚到了家了。

他的学生上他家去，他总是站起来，双手当胸捏着扇子，微微躬着身子：“您来啦！”临走时，一定送出大门。

他从不生气。有一回陪梅兰芳唱《奇双会》，他的赵宠。穿好了靴子，总觉得不大得劲。“唔，今儿是怎样搞的，怎么总觉得一脚高一脚低的？我的腿有毛病啦？”伸出脚来看看，两只靴子的厚底一只厚二寸，一只二寸二。他的跟包叫申四。他把申四叫过来：“老四哎，咱们今儿的靴子拿错了吧？”你猜申四说什么？——“你凑合着穿吧！”

姜先生从不争戏。向来梅先生演《奇双会》，都是他的赵宠。偶尔俞振飞也陪梅先生唱，赵宠就是俞的。管事的说：“姜先生，您来个保童。”——“哎好好好。”有时叶盛兰也陪梅先生唱。“姜先生，您来个保童。”——“哎好好好。”

姜先生有一次遇见了劫道的，就是琉璃厂西边北柳巷那儿。那是敌伪的时候。姜先生拿了“戏份儿”回家。那会唱戏都是当天开份儿。戏打住了，管事的就把份儿分好了。姜先生这天赶了两“包”，华乐和长安。冬天，他坐在洋车里，前面挂着棉布帘。“站住！把身上的钱都拿出来！”——他也不知道里面是谁。姜先生不慌不忙地下了车，从左边口袋里掏出一沓（钞票），从右边又掏出了一沓。“这是我今儿的戏份儿。这是华乐的，这是长安的。都在这儿，一个不少。您点点。”

那位不知点了没有。想来大概是没有。

在上海也遇见过那么一回。“站住，把身浪厢值钿（钱）格物事（东西）才（都）拿出来！”此公把姜先生身上搜刮一空，扬长而去。姜先生在后面喊：

“回来，回来！我这还有一块表哪，您要不要？”

事后，熟人问姜先生：“您真是！他走都走了，您干吗还叫他回来？他把您什么都抄走了，您还问‘我这还有一块表哪，您要不要’。”

姜妙香答道：“他也不容易。”

姜先生有一次似乎是生气了。红卫兵上姜先生家去抄家，抄出一双尖头皮鞋，当场把鞋尖给他剁了。姜先生把这双剁了尖、张着大嘴的鞋放在一个显眼的地方。有人来的时候，就指指，摇头。

赞曰：

温柔敦厚，有何不好？

文革英雄，愧对此老。

贯盛吉

在京剧丑角里，贯盛吉的格调是比较高的。他的表演，自成一格，人称“贯派”。他的念白很特别，每一句话都是高起低收，好像一个孩子在被逼着去做他不情愿做的事情时的嘟囔。他是个“冷面小丑”，北京人所谓“绷着脸逗”。他并不存心逗人乐。他的“眼”是淡淡的，不是北京人所谓“胳肢人”，上海人所谓“硬滑稽”。他的笑料，在使人哄然一笑之后，还能想想，还能回味。有人问他：“你怎么这么逗呀？”他说：“我没有逗呀，我说的都是实话。”“说实话”是丑角艺术的不二法门。说实话而使人笑，才是一个真正的丑角。喜剧的灵魂，是生活，是真实。

不但在台上，在生活里，贯盛吉也是那么逗。临死了，还逗。

他死的时候，才四十岁，太可惜了。

他死于心脏病，病了很长时间。

家里人知道他的病不治了，已经为他准备了后事，买了“装裹”——即寿衣。他有一天叫家里人给他穿戴起来。都穿齐全了，说：“给我拿个镜子来。”

他照照镜子：“唔，就这德行呀！”

有一天，他让家里给他请一台和尚，在他的面前给他放一台焰口。他跟朋友说：“活着，听焰口，有谁这么干过没有？——没有。”

有一天，他很不好了，家里忙着，怕他今天过不去。他瓮声瓮气地说："你们别忙。今儿我不走。今儿外面下雨，我没有伞。"

一个人能够病危的时候还能保持生气盎然的幽默感，能够拿死来"开逗"，真是不容易。

这是一个真正的丑角，一生一世都是丑角。

赞曰：

拿死开逗，滑稽之雄。

虽东方朔，无此优容。

郝寿臣

郝老受聘为北京市戏校校长。就职的那天，对学生讲话。他拿着秘书替他写好的稿子，讲了一气。讲到要知道旧社会的苦，才知道新社会的甜。旧社会的梨园行，不养小，不养老。多少艺人，唱了一辈子戏，临了是倒卧街头，冻饿而死。说到这里，郝校长非常激动，一手高举讲稿，一手指着讲稿，说：

"同学们！他说得真对呀！"

这件事，大家都当笑话传。细想一下，这有什么可笑呢？本来嘛，讲稿是秘书捉刀，这是明摆着的事。自己戳穿，有什么丢人？倒是"他说得真对呀"，才真是本人说出的一句实话。这没有什么可笑。这正是前辈的不可及处：老老实实，不装门面。

许多大干部作大报告，在台上手舞足蹈，口若悬河，其实都应该学学郝老，在适当的时候，用手指指秘书所拟讲稿，说：

“同志们！他说得真对呀！”

赞曰：

人为立言，己不居功。

老老实实，古道可风。

谭富英

谭富英有时很“逗”，有意见不说，却用行动表示。他嫌谭小培给他的零花钱太少了，走到父亲跟前，摔了个硬抢背。谭小培明白，富英的意思是说：你给我的钱太少，我就摔你的儿子！五爷（谭小培行五，梨园行都称之为五爷）连忙说：“哎呀儿子！有话你说！有话说！别这样！”梨园行都说谭小培是个“有福之人”。谭鑫培活着时，他花老爷子的钱；老爷子死了，儿子富英唱红了，他把富英挣的钱全管起来，每月只给富英有数的零花。富英这一抢背，使他觉得对儿子克扣得太紧，是得给长长份儿。

有一年，在哈尔滨唱。第二天谭富英要唱的是重头戏，心里有负担，早早就上了床，可老睡不着。同去的有裘盛戎。他第二天的戏是一出“歇工戏”。盛戎晚上弄了好些人在屋里吃涮羊肉，猜拳对酒，喊叫喧哗，闹到半夜。谭富英这个烦呀！他站到当院唱了一句倒板：“听谯楼打九更……”“打九更”？大伙一愣，盛戎明白，意思是都这会儿了，你们还这么吵嚷！忙说：“谭团长有意见了，咱们小点儿声，小点儿声！”

有一个演员，练功不使劲，谭富英看了摇头。这个演员说：“我老了，翻不动了！”谭富英说：“对！人生三十古来稀，你是老了！”

谭富英一辈子没少挣钱，但是生活清简。一天就是蜷在沙发里看书，看历史（据说他能把二十四史看下来，恐不可靠），看困了就打个盹，醒来接茬再看，一天不离开他那张沙发。他爱吃油炸的东西，炸油条、炸油饼、炸卷果，都欢喜（谭富英不说“喜欢”，而说“欢喜”）。爱吃鸡蛋，炒鸡蛋、煎荷包蛋、煮鸡蛋，都行。抗美援朝时，他到过朝鲜，部队首长问他们生活上有什么要求，他说想吃一碗蛋炒饭。那时朝鲜没有鸡蛋，部队派吉普车冒着炮火开到丹东，才弄到几个鸡蛋。为此，有人在“文革”中又提起这事。谭富英跟我小声说：“我哪儿知道几个鸡蛋要冒这样的危险呀！知道，我就不吃了！”谭富英有个“三不主义”：不娶小、不收徒、不做官。他的为人，梨园行都知道。他生性平和恬淡，宠辱不惊，那一阵可变得少言寡语，闷闷不乐，很久很久，都没有缓过来。

谭富英病重住院。他原有心脏病，这回大概还有其他病并发，已经报了“病危”，服药注射，都不见效。谭富英知道给他开的都是进口药，很贵，就对医生说：“这药留给别人用吧！我用不着了！”终于与世长辞，死得很安静。

赞曰：

生老病死，全无所谓。

抱恨终生，无端“劝退”。

金岳霖先生

西南联大有许多很有趣的教授，金岳霖先生是其中的一位。金先生是我的老师沈从文先生的好朋友。沈先生当面和背后都称他为“老金”。大概时常来往的熟朋友都这样称呼他。

关于金先生的事，有一些是沈先生告诉我的。我在《沈从文先生在西南联大》一文中提到过金先生。有些事情在那篇文章里没有写进，觉得还应该写一写。

金先生的样子有点怪。他常年戴着一顶呢帽，进教室也不脱下。每一学年开始，给新的一班学生上课，他的第一句话总是：“我的眼睛有毛病，不能摘帽子，并不是对你们不尊重，请原谅。”他的眼睛有什么病，我不知道，只知道怕阳光。

因此他的呢帽的前檐压得比较低，脑袋总是微微地仰着。他后来配了一副眼镜，这副眼镜一只的镜片是白的，一只是黑的。这就更怪了。后来在美国讲学期间把眼睛治好了，——好一些，眼镜也换了，但那微微仰着脑袋的姿态一直还没有改变。他身材相当高大，经常穿一件烟草黄色的麂皮夹克，天冷了就在里面围一条很长的驼色的羊绒围巾。

联大的教授穿衣服是各色各样的。闻一多先生有一阵穿一件式样过时的灰色旧夹袍，是一个亲戚送给他的，领子很高，袖口极窄。联大有一次在龙云的长子、蒋介石的干儿子龙绳武家里开校友会，——龙云的长媳是清华校友，闻先生在会上大骂“蒋介石，王八蛋！混蛋！”，那天穿的就是这件高领窄袖的旧夹袍。

朱自清先生有一阵披着一件云南赶马人穿的蓝色毡子的“一口钟”。除了体育教员，教授里穿夹克的，好像只有金先生一个人。他的眼神即使是到美国治了后也还是不大好，走起路来有点深一脚浅一脚。他就这样穿着黄夹克，微仰着脑袋，深一脚浅一脚地在联大新校舍的一条土路上走着。

金先生教逻辑。逻辑是西南联大规定文学院一年级学生的必修课，班上学生很多，上课在大教室，坐得满满的。在中学里没有听说有逻辑这门学问，大一的学生对这课很有兴趣。金先生上课有时要提问，那么多的学生，他不能都叫得上名字来，——联大是没有点名册的，他有时一上课就宣布：“今天，穿红毛衣的女同学回答问题。”于是所有穿红衣的女同学就都有点紧张，又有点兴奋。那时联大女生在蓝阴丹士林旗袍外面套一件红毛衣成了一种风气。——穿蓝毛衣、黄毛衣的极少。问题回答得流利清楚，也是件出风头的事。金先生很注意地听着，完了，说：“Yes！请坐！”

学生也可以提出问题，请金先生解答。学生提的问题深浅不一，金先生有问必答，很耐心。有一个华侨同学叫林国达，操广东普通话，最爱提问题，问题大都奇奇怪怪。他大概觉得逻辑这门学问是挺

“玄”的，应该提点怪问题。有一次他又站起来提了一个怪问题，金先生想了一想，说：“林国达同学，我问你一个问题：‘Mr. 林国达 is perpendicular to the blackboard（林国达君垂直于黑板），这什么意思？”林国达傻了。林国达当然无法垂直于黑板，但这句话在逻辑上没有错误。

林国达游泳淹死了。金先生上课，说：“林国达死了，很不幸。”这一堂课，金先生一直没有笑容。

有一个同学，大概是陈蕴珍，即萧珊，曾问过金先生：“您为什么要搞逻辑？”逻辑课的前一半讲三段论，大前提、小前提、结论、周延、不周延、归纳、演绎……还比较有意思。后半部全是符号，简直像高等数学。她的意思是：这种学问多么枯燥！金先生的回答是：“我觉得它很好玩。”

除了文学院大一学生必修逻辑，金先生还开了一门“符号逻辑”，是选修课。这门学问对我来说简直是天书。选这门课的人很少，教室里只有几个人。学生里最突出的是王浩。金先生讲着讲着，有时会停下来，问：“王浩，你以为如何？”这堂课就成了他们师生二人的对话。王浩现在在美国。前些年写了一篇关于金先生的较长的文章，大概是论金先生之学的，我没有见到。

王浩和我是相当熟的。他有个要好的朋友王景鹤，和我同在昆明黄土坡一个中学教学，王浩常来玩。来了，常打篮球。大都是吃了午饭就打。王浩管吃了饭就打球叫“练盲肠”。王浩的相貌颇“土”，脑袋很大，剪了一个光头，——联大同学剪光头的很少，说话带山东口音。他现在成了洋人——美籍华人，国际知名的学者，我实在想象不出他现在是什么样子。前年他回国讲学，托一个同学要我给他画一张画。我给他画了几个青头菌、牛肝菌，一根大葱，两头蒜，还有一块很大的宣威火腿。——火腿是很少入画的。我在画上题了几句话，有一句是“以慰王浩异国乡情”。王浩的学问，原来是师承金先生的。一个人一生哪怕只教出一个好学生，也值得了。当然，金先生的好学生不止一个人。

金先生是研究哲学的，但是他看了很多小说。从普鲁斯特到福尔摩斯，都看。听说他很爱看平江不肖生的《江湖奇侠传》。有几个联大同学住在金鸡巷，陈蕴珍、王树藏、刘北汜、施载宣（萧荻）。楼上有一间小客厅。沈先生有时拉一个熟人去给少数爱好文学、写写东西的同学讲一点什么。金先生有一次也被拉了去。他讲的题目是《小说和哲学》。题目是沈先生给他出的。大家以为金先生一定会讲出一番道理。不料金先生讲了半天，结论却是：小说和哲学没有关系。有人问：那么《红楼梦》呢？金先生说：“红楼梦里的哲学不是哲学。”他讲着讲着，忽然停下来：“对不起，我这里有个小动物。”他把右手伸进后脖颈，捉出了一个跳蚤，捏在手指里看看，甚为得意。

金先生是个单身汉（联大教授里不少光棍，杨振声先生曾写过一篇游戏文章《释鳏》，在教授间传阅），无儿无女，但是过得自得其乐。他养了一只很大的斗鸡（云南出斗鸡）。这只斗鸡能把脖子伸上来，和金先生一个桌子吃饭。他到处搜罗大梨、大石榴，拿去和别的教授的孩子比赛。比输了，就把梨或石榴送给他的小朋友，他再去买。

金先生朋友很多，除了哲学家的教授外，时常来往的，据我所知，有梁思成、林徽因夫妇，沈从文，张奚若……君子之交淡如水，坐定之后，清茶一杯，闲话片刻而已。金先生对林徽因的谈吐才华，十分欣赏。现在的年轻人多不知道林徽因。她是学建筑的，但是对文学的趣味极高，精于鉴赏，所写的诗和小说如《窗子以外》、《九十九度中》风格清新，一时无二。林徽因死后，有一年，金先生在北京饭店请了一次客，老朋友收到通知，都纳闷：老金为什么请客？到了之后，金先生才宣布："今天是徽因的生日。"

金先生晚年深居简出。毛主席曾经对他说："你要接触接触社会。"金先生已经八十岁了，怎么接触社会呢？他就和一个蹬平板三轮车的约好，每天蹬着他到王府井一带转一大圈。

我想象金先生坐在平板三轮上东张西望，那情景一定非常有趣。王府井人挤人，熙熙攘攘，谁也不会知道这位东张西望的老人是一位一肚子学问、为人天真、热爱生活的大哲学家。

金先生治学精深，而著作不多。除了一本大学丛书里的《逻辑》，我所知道的，还有一本《论道》。其余还有什么，我不清楚，须问王浩。

我对金先生所知甚少。希望熟知金先生的人把金先生好好写一写。

联大的许多教授都应该有人好好地写一写。

大妈们

我们楼里的大妈们都活得有滋有味，使这座楼增加了不少生气。

许大妈是许老头的老伴，比许老头小十几岁，身体挺好，没听说她有什么病。生病也只有伤风感冒，躺两天就好了。她有一根花椒木的拐杖，本色，很结实，但是很轻巧，一头有两个杈，像两个小犄角。她并不用它来拄着走路，而是用来扛菜。她每天到铁匠营农贸市场去买菜，装在一个蓝布兜里，把布兜的袢套在拐杖的小犄角上，扛着。她买的菜不多，多半是一把韭菜或一把茴香。走到刘家窑桥下，坐在一块石头上，把菜倒出来，择菜。择韭菜、择茴香。择完了，抖落抖落，把菜装进布兜，又用花椒木拐杖扛起来，往回走。她很和善，见人也打招呼，笑笑，但是不说话。她用拐杖扛菜，不是为了省劲，好像是为了好玩。到了家，过不大会，就听见她乒乒乓乓地剁菜。剁韭菜，剁茴香。她们家爱吃馅儿。

奚大妈是河南人，和传达室小邱是同乡，对小邱很关心，很照顾。她最放不下的一件事，是给小邱张罗个媳妇。小邱已经三十五岁，还没有结婚。她给小邱张罗过三个对象，都是河南人，是通过河南老乡关系间接认识的。第一个是奚大妈一个村的。事情已经谈妥，这女的已经在小邱床上睡了几个晚上。一天，不见了，跟在附近一个小旅馆里住着的几个跑买卖的山西人跑了。第二个在一个饭馆里当服务员。也谈得差不多了，女的说要回家问问哥哥的意见。小邱给她买了很多东西：衣服、料子、鞋、头巾……借了一辆平板三轮，装了半车，蹬车送她上火车站。不料一去再无音信。第三个也是在饭馆里当服务员的，长得很好看，高颧骨，大眼睛，身材也很苗条。就要办事了，才知道这女的是个“石女”。奚大妈叹了一口气：“唉！这事儿闹的！”

江大妈人非常好，非常贤惠，非常勤快，非常爱干净。她家里真是一尘不染。她整天不断地擦、洗、掸、扫。她的衣着也非常干净，非常利索。裤线总是笔直的。她爱穿坎肩，铁灰色毛涤纶的，深咖啡色薄呢的，都熨熨帖帖。她很注意穿鞋，鞋的样子都很好。她的脚很秀气。她已经过六十了，近看脸上也有皱纹了，但远远一看，说是四十来岁也说得过去。她还能骑自行车，出去买东西，买菜，都是骑车去。看她跨上自行车，一踩脚镫，哪像是已经有了四岁大的孙子的人哪！她平常也不大出门，老是不停地收拾屋子。她不是不爱理人，有时也和人聊聊天，说说这楼里的事，但语气很宽厚，不嚼老婆舌头。

顾大妈是个胖子。她并不胖得腮帮的肉都往下掉，只是腰围很粗。她并不步履蹒跚，只是走得很稳重，因为搬运她的身体并不很轻松。她面白微黄，眉毛很淡。头发稀疏，但是总是梳得很整齐服帖。她原来在一个单位当出纳，是干部。退休了，在本楼当家属委员会委员，也算是干部。家属委员会委员的任务是要换购粮本、副食本了，到各家敛了来，办完了，又给各家送回去。她的干部意识根深蒂固，总觉得自己不是一个家庭妇女。别的大妈也觉得她有架子，很少跟她过话。她爱和本楼的退休了的或尚未退休的女干部说话。说她自己的事。说她的儿女在单位很受器重；说她原来的领导很关心她，逢春节都要来看看她……

在这条街上任何一个店铺里，只要有人一学丁大妈雄赳赳气昂昂走路的神气，大家就知道这学的是谁，于是都哈哈大笑，一笑笑半天。丁大妈的走路，实在是少见。头昂着，胸挺得老高，大踏步前进，两只胳臂前后甩动，走得很快。她头发乌黑，梳得整齐。面色紫褐，发出铜光，脸上的纹路清楚，如同刻出。除了步态，她还有一特别处：她穿的上衣，都是大襟的。料子是讲究的。夏天，派力司；春秋天，平绒；冬天，下雪，穿羽绒服。羽绒服没有大襟的。她为什么爱穿大襟上衣？这是习惯。她原是崇明岛的农民，吃过苦。现在苦尽甘来了。她把儿子拉扯大了。儿子、儿媳妇都在美国，按期给她寄钱。她现在一个人过，吃穿不愁。她很少自己做饭，都是到粮店买馒头，买烙饼，买面条。她有个外甥女，是个时装模特儿，常来看她，很漂亮。这外甥女，楼里很多人都认识。她和外甥女上电梯，有人招呼外甥女："你来了！"——"我每星期都来。"丁大妈说："来看我！"非常得意。丁大妈活得非常得意，因此她雄赳赳气昂昂。

罗大妈是个高个儿，水蛇腰。她走路也很快，但和丁大妈不一样：丁大妈大踏步，罗大妈步子小。丁大妈前后甩胳臂，罗大妈胳臂在小腹前左右摇。她每天"晨练"，走很长一段，扭着腰，摇着胳臂。罗大妈没牙，但是乍看看不出来，她的嘴很小，嘴唇很薄。她这个岁数——她也就是五十出头吧，不应该把牙都掉光了，想是牙有病，拔掉的。没牙，可是话很多，是个连片子嘴。

乔大妈一头银灰色的卷发。天生的卷。气色很好。她活得兴致勃勃。她起得很早，每天到天坛公园“晨练”，打一趟太极拳，练一遍鹤翔功，遛一个大弯。然后顺便到法华寺菜市场买一提兜菜回来。她爱做饭，做北京“吃儿”。蒸素馅包子，炒疙瘩，摇棒子面嘎嘎……她对自己做的饭非常得意。“我蒸的包子，好吃极了！”“我炒的疙瘩，好吃极了！”“我摇的嘎嘎，好吃极了！”她间长不短去给她的孙子做一顿中午饭。他儿子儿媳妇不跟她一起住，单过。儿子儿媳是“双职工”，中午顾不上给孩子做饭。“老让孩子吃方便面，那哪成！”她爱养花，阳台上都是花。她从天坛东门买回来一大把芍药骨朵，深紫色的。“能开一个月！”

大妈们常在传达室外面院子里聚在一起闲聊天。院子里放着七八张小凳子、小椅子，她们就错错落落地分坐着。所聊的无非是一些家长里短。谁家买了一套组合柜，谁家拉回来一堂沙发，哪儿买的、多少钱买的，她们都打听得很清楚。谁家的孩子上“学前班”，老不去，“淘着哪！”谁家两口子吵架，又好啦，挎着胳臂上游乐园啦！乔其纱现在不时兴啦，现在兴“砂洗”……大妈们有一个好处，倒不搬弄是非。楼里有谁家结婚，大妈们早就在院里等着了。她们看扎着红彩绸的小汽车开进来，看放鞭炮，看新娘子从汽车里走出来，看年轻人往新娘子头发上撒金银色纸屑……

林斤澜！哈哈哈哈

林斤澜这个名字很怪。他原名庆澜，意思是庆祝河水安澜，大概生他那年他们家乡曾遭过一次水灾，后来水退了。不知从哪年，他自己改名“斤澜”。我跟他说过，“斤澜”没讲，他也说：没讲！他们家的人名字都有点怪。夫人叫“古叶”，女儿叫“布谷”。大概都是他给起的。斤澜好怪，好与众不同。他的《矮凳桥风情》里有三个女孩子，三姐妹叫笑翼、笑耳、笑杉。小城镇哪里会有这样的名字呢？我捉摸了很久，才恍然大悟：原来只是小一、小二、小三。笑翼的妈妈给儿女起名字时不会起这样的怪名字的，这都是林斤澜搞的鬼。夏尚质，周尚文，林尚怪。林斤澜被称为“怪味葫豆”，罪有应得。

斤澜曾患心脏病，三十岁就得过一次心肌梗死。后来又得过一次，但都活下来了。六十岁时他就说过他活得已经够了本，再活就是白饶。斤澜的身体不算好，但他不在乎。我这些年出外旅游，总是“逢高不上，遇山而止”，斤澜则是有山就爬。他慢条斯理的，一步一步地走，还误不了看山看水，结果总是他头一个到山顶。一览众山小，笑看众头低。他应该节制饮食，但是他不，每有小聚，他都是谈笑风生，饮啖自若。不论是黄酒、白酒、葡萄酒、啤酒，全都招呼。最近有一次，他同时喝了三种酒。人常说酒喝杂了不好，斤澜说：“没事！”斤澜爱吃肉。“三天不吃肉就觉得难受。”他吃肉不讲究部位，冰糖肘子、腌笃鲜、蒜泥白肉，都行。他爱吃猪头肉，尤其爱吃“拱嘴”——猪鼻子，以为乃人间之“大美”。他是温州人，说起生吃海鲜，眉飞色舞。吃海鲜，喝黄酒，嘿！不过温州的“老酒汗”（黄酒再蒸一次）我实在喝不出好来。温州人还有一种喝法，在黄酒里加鸡蛋，煮热，这算什么酒！斤澜的吃喝是很平民化的。我和他曾在屯溪街头一小吃店的檐下，就一盘煮螺蛳，一人喝了两瓶加饭。他爱吃豆腐，老豆腐、嫩豆腐、毛豆腐、臭豆腐，都好。煎炒煮炸，都好。我陪他在乐山小饭馆吃了乡坝头上的菜豆花，好！

斤澜的生活是很平民化的。他不爱洗什么桑拿浴，愿意在澡塘的大池子里（水很烫）泡一泡，泡得大汗淋漓，浑身作嫩红色。他大概是有几身西服的，但我从未见过他穿了整齐的套服，打了领带。他爱穿夹克，里面是条纹格子衬衫。衬衫就是街上买的，棉料的多，颜色倒是不怕花哨。

斤澜的平民化生活习惯来自于他对生活的平民意识。这种平民意识当然会渗入他的作品。

斤澜的哈哈笑是很有名的。这是他的保护色。斤澜每遇有人提到某人、某事，不想表态，就把提问者的原话重复一次，然后就殿以哈哈的笑声。“×××，哈哈哈哈……”“这件事，哈哈哈哈……”把想要从口中掏出他的真实看法的新闻记者之类的人弄得莫名其妙，斤澜这种使人摸不着头脑抓不住尾巴的笑声，使他摆脱了尴尬，而且得到一层安全的甲壳。在反右派运动中，他就是这样应付过来的。林斤澜不被打成右派，是无天理，因此我说他是“漏网右派”，他也欣然接受。

斤澜极少臧否人物，但是是非清楚，爱憎分明。他一直在北京市文联工作，对市文联的领导、一般干部的遗闻佚事了如指掌。比如老舍挨斗，是他亲眼所见，亲耳所闻，揭发批判老舍的人是赖也赖不掉的。他觉得萧军有骨头有侠气，真是一条汉子。红卫兵想要萧军低头认罪，萧军就是不低头，两腿直立，如同生了根。萧军没有动手，他说：“我要是一动手，七八个小青年就得趴下。”红卫兵斗骆宾基，萧军说：“你们谁敢动骆宾基一根毫毛！”京剧演员荀慧生病重，是萧军背着他上车的。“文革”后，文联作协批斗浩然，斤澜听着，忽然大叫：“浩然是好人哪！”当场昏厥。斤澜平时似很温和，总是含笑看世界，但他的感情是非常强烈的。

斤澜对青年作家（现在都已是中年了）是很关心的。对他们的作品几乎一篇不落地都看了，包括一些评论家的不断花样翻新，用一种不中不西稀里古怪的语言所写的论文。他看得很仔细，能用这种古怪语言和他们对话。这一点，他比我强得多。

林斤澜！哈哈哈哈……

和尚

铁桥

我父亲续娶，新房里挂了一幅画，——一个条山，泥金底，画的是桃花双燕，题字是：“淡如仁兄新婚志喜弟铁桥遥贺”；两边挂了一副虎皮宣的对联，写的是：

蝶欲试花犹护粉

莺初学啭尚羞簧

落款是杨遵义。我每天看这幅画和对子，看得很熟了。稍稍长大，便觉出这副对子其实是很“黄”的。杨遵义是我们县的书家，是我的生母的过房兄弟。一个舅爷为姐夫（或妹夫）续弦写了这样一副对子，实在不成体统。铁桥是一个和尚。我父亲在新房里挂了一幅和尚的画，全无忌讳；这位铁桥和尚为朋友结婚画了这样华丽的画，且和俗家人称兄道弟，也着实有乖出家人的礼教。我父亲年轻时的朋友大都有些放诞不羁。

我写过一篇小说《受戒》，里面提到一个和尚石桥，原型就是铁桥。他是我父亲年轻时的画友。他在本县最大的寺庙善因寺出家，是指南方丈的徒弟。指南戒行严苦，曾在香炉里烧掉两个指头，自称八指头陀。铁桥和师父完全是两路。他一度离开善因寺，到江南云游。曾在苏州一个庙里住过几年。因此他的一些画每署“邓尉山僧”，或题“作于香雪海”。后来又回善因寺。指南退居后，他当了方丈。善因寺是本县第一大寺，殿宇精整，庙产很多。管理这样一个大庙，是要有点才干的，但是他似乎很清闲，每天就是画画画，写写字。他的字写石鼓，学吴昌硕，很有功力。画法任伯年，但比任伯年放得开。本县的风雅子弟都乐与往还。善因寺的素斋极讲究，有外面吃不到的猴头、竹荪。

铁桥有一个情人，年纪很轻，长得清清雅雅，不俗气。

一九八二年，我回了家乡一趟，饭后散步想去看看善因寺的遗址，一点都认不出来了，拆得光光的。

因为要查一点资料，我借来一部民国年间修的县志翻了两天。在“水利”卷中发现：有一条横贯东乡的水渠，是铁桥主持修的。哦？铁桥还做过这样的事？

静融法师

我有一方很好的图章，田黄“都灵坑”，犀牛纽，是一个和尚送给我的。印文也是他自刻的，朱文，温雅似浙派，刻得很不错（田黄的印不宜刻得太“野”，和石质不相称）。这个和尚法名静融，一九五一年和我一同到江西参加土改，回北京后，送了我这块图章。章不大，约半寸见方（田黄大的很少），我每为人作小幅字画，常押用，算来已经三十七八年了。

这次土改是全国性的，也是最后的一次，规模很大。我们那个土改工作团分到江西进贤。这个团的成员什么样的人都有。有大学教授、小学校长、中学教员、商业局的、园林局的、歌剧院的演员、教会医院的医生、护士长，还有这位静融法师。浩浩荡荡，热热闹闹。

我和静融第一次有较深的接触，是说服他改装。他参加工作团时穿的是僧衣——比普通棉袄略长的灰色斜领棉衲。到了进贤，在县委学文件，领导上觉得他穿了这样的服装下去，影响不好，决定让他换装。静融不同意，很固执。找他谈了几次话，都没用。

后来大家建议我找他谈谈，说是他跟我似乎很谈得来。我不知道跟他说了一通什么道理，居然把他说服了。其实不是我的道理说服了他，而是我的态度较好。静融临时买了一套蓝卡叽布的干部服，换上了。

我们的小组分到王家梁。一进村，就遇到一个难题：一个恶霸富农自杀了。他自杀的办法很特别，用一根扎腿的腿带，拴在竹床的栏杆上，勒住脖子，躺着，死了。我还没有听说过人躺着也是可以吊死的。我们对这种事毫无经验，不知应该怎么办。静融走上去，左右开弓打了富农两个大嘴巴，说：“埋了！”我问静融：“为什么要打他两个嘴巴？”他说：“这是法医验尸的规矩。”原来他当过法医。

静融跟我谈起过他的身世。他是胶东人。除了当过法医，他还教过小学，抗日战争时期拉过一支游击队，后来出了家。在北京，他住在动物园后面的一个庙里（是五塔寺么）。北京解放，和尚都要从事生产。他组织了一个棉服厂，主办一切。这人的生活经历是颇为复杂的。可惜土改工作紧张，能够闲谈的时候不多，我所知者，仅仅是这些。

我一直以为回北京后能有机会找他谈谈，竟然无此缘分。他刻了一方图章，到我家来，亲自送给我，未接数言，匆匆别去。我后来一直没有再看到过他。

静融瘦瘦小小，但颇精干利索。面黑，微有几颗麻子。

阎和尚

阎长山（北京市民叫“长山”的特多）是剧院舞台工作队的杂工，但是大家都叫他阎和尚。我很纳闷：“为什么叫他阎和尚？”

“他是当过和尚。”

我刚到北京时，看到北京和尚，以为极奇怪。他们不出家，不住庙，有家，有老婆孩子。他们骑自行车到人家去念佛。他们穿了家常衣服，在自行车后架上夹了一个包袱，里面是一件行头——袈裟，到了约好的人家，把袈裟一披，就和别的和尚一同坐下念经。事毕得钱，骑车回家吃炸酱面。阎和尚就是这样的和尚。

阎和尚后来到剧院当杂工，运运衣箱道具，也烧过水锅，管过“彩匣子”（化装用品），但并不讳言他当过和尚。

剧院很多人都干过别的职业。一个唱二路花脸的在搭不上班的年头卖过鸡蛋，后来落下一个外号："大鸡蛋"。一个检场的卖过糊盐。早先北京有人刷牙不用牙膏牙粉，而用炒糊的盐，这一天能卖多少钱？有人蹬过三轮，拉过排子车。剧院这些人干过小买卖、卖过力气，都是为了吃饭。阎和尚当过和尚，也是为了吃饭。

星斗其文，赤子其人

沈先生逝世后，傅汉斯、张充和从美国电传来一幅挽辞。字是晋人小楷，一看就知道是张充和写的。词想必也是她拟的。只有四句：

不折不从
亦慈亦让
星斗其文
赤子其人

这是嵌字格，但是非常贴切，把沈先生的一生概括得很全面。这位四妹对三姐夫沈二哥真是非常了解。——荒芜同志编了一本《我所认识的沈从文》，写得最好的一篇，我以为也应该是张充和写的《三姐夫沈二哥》。

沈先生的血管里有少数民族的血液。他在填履历表时，“民族”一栏里填土家族或苗族都可以，可以由他自由选择。湘西有少数民族血统的人大都有一股蛮劲、狠劲，做什么都要做出一个名堂。

黄永玉就是这样的人。沈先生瘦瘦小小（晚年发胖了），但是有用不完的精力。他小时是个顽童，爱游泳（他叫“游水”）。进城后好像就不游了。三姐（师母张兆和）很想看他游一次泳，但是没有看到。我当然更没有看到过。他少年当兵，漂泊转徙，很少连续几晚睡在同一张床上。吃的东西，最好的不过是切成四方的大块猪肉（煮在豆芽菜汤里）。行军、拉船，锻炼出一副极富耐力的体魄。二十岁冒冒失失地闯到北平来，举目无亲。连标点符号都不会用，就想用手中一支笔打出一个天下。经常为弄不到一点东西“消化消化”而发愁。冬天屋里生不起火，用被子围起来，还是不停地写。我一九四六年到上海，因为找不到职业，情绪很坏，他写信把我大骂了一顿，说：“为了一时的困难，就这样哭哭啼啼的，甚至想到要自杀，真是没出息！你手中有一支笔，怕什么！”他在信里说了一些他刚到北京时的情形。——同时又叫三姐从苏州写了一封很长的信安慰我。他真的用一支笔打出了一个天下了。一个只读过小学的人，竟成了一个大作家，而且积累了那么多的学问，真是一个奇迹。

沈先生很爱用一个别人不常用的词：“耐烦”。他说自己不是天才（他应当算是个天才），只是耐烦。他对别人的称赞，也常说“要算耐烦”。看见儿子小虎搞机床设计时，说“要算耐烦”。看见孙女小红做作业时，也说“要算耐烦”。他的“耐烦”，意思就是锲而不舍，不怕费劲。一个时期，沈先生每个月都要发表几篇小说，每年都要出几本书，被称为“多产作家”，但是写东西不是很快的，从来不是一挥而就。他年轻时常常日以继夜地写。他常流鼻血。血液凝聚力差，一流起来不易止住，很怕人。有时夜间写作，竟致晕倒，伏在自己的一摊鼻血里，第二天才被人发现。我就亲眼看到过他的带有鼻血痕迹的手稿。他后来还常流鼻血，不过不那么厉害了。他自己知道，并不惊慌。很奇怪，他连续感冒几天，一流鼻血，感冒就好了。

他的作品看起来很轻松自如，若不经意，但都是苦心刻琢出来的。《边城》一共不到七万字，他告诉我，写了半年。他这篇小说是《国闻周报》上连载的，每期一章。小说共二十一章，21 × 7 = 147，我算了算，差不多正是半年。这篇东西是他新婚之后写的，那时他住在达子营。巴金住在他那里。他们每天写，巴老在屋里写，沈先生搬个小桌子，在院子里树荫下写。巴老写了一个长篇，沈先生写了《边城》。他称他的小说为“习作”，并不完全是谦虚。有些小说是为了教创作课给学生示范而写的，因此试验了各种方法。为了教学生写对话，有的小说通篇都用对话组成，如《若墨医生》；有的，一句对话也没有。《月下小景》确是为了履行许给张家小五的诺言“写故事给你看”而写的。同时，当然是为了试验一下“讲故事”的方法（这一组“故事”明显地看得出受了《十日谈》和《一千零一夜》的影响）。同时，也为了试验一下把六朝译经和口语结合的文体。这种试验，后来形成一种他自己说是“文白夹杂”的独特的沈从文体，在四十年代的文字（如《烛虚》）中尤为成熟。他的亲戚，语言学家周有光曾说“你的语言是古英语”，甚至是拉丁文。

沈先生讲创作，不大爱说“结构”，他说是“组织”。我也比较喜欢“组织”这个词。“结构”过于理智，“组织”更带感情，较多作者的主观。他曾把一篇小说一条一条地裁开，用不同方法组织，看看哪一种形式更为合适。沈先生爱改自己的文章。他的原稿，一改再改，天头地脚页边，都是修改的字迹，蜘蛛网似的，这里牵出一条，那里牵出一条。作品发表了，改。成书了，改。看到自己的文章，总要改。有时改了多次，反而不如原来的，以至三姐后来不许他改了（三姐是沈先生文集的一个极其细心，极其认真的义务责任编辑）。沈先生的作品写得最快、最顺畅，改得最少的，只有一本《从文自传》。这本自传没有经过冥思苦想，只用了三个星期，一气呵成。

他不大用稿纸写作。在昆明写东西，是用毛笔写在当地出产的竹纸上的，自己折出印子。他也用钢笔，蘸水钢笔。他抓钢笔的手势有点像抓毛笔（这一点可以证明他不是洋学堂出身）。《长河》就是用钢笔写的，写在一个硬面的练习簿上，直行，两面写。他的原稿的字很清楚，不潦草，但写的是行书。不熟悉他的字体的排字工人是会感到困难的。他晚年写信写文章爱用秃笔淡墨。用秃笔写那样小的字，不但清楚，而且顿挫有致，真是一个功夫。

他很爱他的家乡。他的《湘西》《湘行散记》和许多篇小说可以作证。他不止一次和我谈起棉花坡，谈起枫树坳，——一到秋天满城落了枫树的红叶。一说起来，不胜神往。黄永玉画过一张凤凰沈家门外的小巷，屋顶墙壁颇零乱，有大朵大朵的红花——不知是不是夹竹桃，画面颜色很浓，水气泱泱。沈先生很喜欢这张画，说："就是这样！"八十岁那年，和三姐一同回了一次凤凰，领着她看了他小说中所写的各处，都还没有大变样。家乡人闻知沈从文回来了，简直不知怎样招待才好。他说："他们为我捉了一只锦鸡！"锦鸡毛羽很好看，他很爱那只锦鸡，还抱着它照了一张相，后来知道竟作了他的盘中餐，对三姐说"真煞风景！"锦鸡肉并不怎么好吃。沈先生说及时大笑，但也表现出对乡人的殷勤十分感激。他在家乡听了傩戏，这是一种古调犹存的很老的弋阳腔。打鼓的是一位七十多岁的老人，他对年轻人打鼓失去旧范很不以为然。沈先生听了，说："这是楚声，楚声！"他动情地听着"楚声"，泪流满面。

沈先生八十岁生日，我曾写了一首诗送他，开头两句是：

犹及回乡听楚声，
此身虽在总堪惊。

端木蕻良看到这首诗，认为"犹及"二字很好。我写下来的时候就有点觉得这不大吉利，没想到沈先生再也不能回家乡听一次了！他的家乡每年有人来看他，沈先生非常亲切地和他们谈话，一坐半天。每当同乡人来了，原来在座的朋友或学生就只有退避在一边，听他们谈话。沈先生很好客，朋友很多。老一辈的有林宰平、徐志摩。沈先生提及他们时充满感情。没有他们的提挈，沈先生也许就会当了警察，或者在马路旁边"瘪了"。我认识他后，他经常来往的有杨振声、张奚若、金岳霖、朱光潜诸先生、梁思成林徽因夫妇。他们的交往真是君子之交，既无朋党色彩，也无酒食征逐。清茶一杯，闲谈片刻。杨先生有一次托沈先生带信，让我到南锣鼓巷他的住处去，我以为有什么事。去了，只是他亲自给我煮一杯咖啡，让我看一本他收藏的姚茫父的册页。这册页的芯子只有火柴盒那样大，横的，是山水，用极富金石味的墨线勾轮廓，设极重的青绿，真是妙品。杨先生对待我这个初露头角的学生如此，则其接待沈先生的情形可知。杨先生和沈先生夫妇曾在颐和园住过一个时期，想来也不过是清晨或黄昏到后山谐趣园一带走走，看看湖里的金丝莲，或写出一张得意的字来，互相欣赏欣赏，其余时间各自在屋里读书做事，如此而已。

沈先生对青年的帮助真是不遗余力。他曾经自己出钱为一个诗人出了第一本诗集。一九四七年，诗人柯原的父亲故去，家中拉了一笔债，沈先生提出卖字来帮助他。《益世报》登出了沈从文卖字的启事，买字的可定出规格，而将价款直接寄给诗人。柯原一九八〇年去看沈先生，沈先生才记起有这回事。他对学生的作品细心修改，寄给相熟的报刊，尽量争取发表。他这辈子为学生寄稿的邮费，加起来是一个相当可观的数字。抗战时期，通货膨胀，邮费也不断涨，往往寄一封信，信封正面反面都得贴满邮票。为了省一点邮费，沈先生总是把稿纸的天头地脚页边都裁去，只留一个稿芯，这样分量轻一点。稿子发表了，稿费寄来，他必为亲自送去。李霖灿在丽江画玉龙雪山，他的画都是寄到昆明，由沈先生代为出手的。我在昆明写的稿子，几乎无一篇不是他寄出去的。一九四六年，郑振铎、李健吾先生在上海创办《文艺复兴》，沈先生把我的《小学校的钟声》和《复仇》寄去。这两篇稿子写出已经有几年，当时无地方可发表。稿子是用毛笔楷书写在学生作文的绿格本上的，郑先生收到，发现稿纸上已经叫蠹虫蛀了好些洞，使他大为激动。沈先生对我这个学生是很喜欢的。为了躲避日本飞机空袭，他们全家有一阵住在呈贡新街，后迁跑马山桃源新村。沈先生有课时进城住两三天。他进城时，我都去看他，交稿子，看他收藏的宝贝，借书。沈先生的书是为了自己看，也为了借给别人看的。“借书一痴，还书一痴”，借书的痴子不少，还书的痴子可不多。有些书借出去一去无踪。有一次，晚上，我喝得烂醉，坐在路边，沈先生到一处演讲回来，以为是一个难民，生了病，走近看看，是我！他和两个同学把我扶到他住处，灌了好些酽茶，我才醒过来。有一回我去看他，牙疼，腮帮子肿得老高。沈先生开了门，一看，一句话没说，出去买了几个大橘子抱着回来了。

沈先生的家庭是我见到的最好的家庭，随时都在亲切和谐气氛中。两个儿子，小龙小虎，兄弟怡怡。他们都很高尚清白，无丝毫庸俗习气，无一句粗鄙言语，——他们都很幽默，但幽默得很温雅。一家人于钱上都看得很淡。《沈从文文集》的稿费寄到，九千多元，大概开过家庭会议，又从存款中取出几百元，凑成一万，寄到家乡办学。沈先生也有生气的时候，也有极度烦恼痛苦的时候，在昆明，在北京，我都见到过，但多数时候都是笑眯眯的。他总是用一种善意的、含情的微笑，来看这个世界的一切。到了晚年，喜欢放声大笑，笑得合不拢嘴，且摆动双手作势，真像一个孩子。只有看破一切人事乘除，得失荣辱，全置度外，心地明净无渣滓的人，才能这样畅快地大笑。

沈先生五十年代后放下写小说散文的笔（偶然还写一点，笔下仍极活泼，如写纪念陈翔鹤文章，实写得极好），改业钻研文物，而且钻出了很大的名堂，不少中国人、外国人都很奇怪。实不奇怪。沈先生很早就对历史文物有很大兴趣。他写的关于展子虔游春图的文章，我以为是一篇重要文章，从人物服装颜色式样考订图画的年代的真伪，是别的鉴赏家所未注意的方法。他关于书法的文章，特别是对宋四家的看法，很有见地。在昆明，我陪他去遛街，总要看看市招，到裱画店看看字画。昆明市政府对面有一堵大照壁，写满了一壁字（内容已不记得，大概不外是总理遗训），字有七八寸见方大，用二爨掺一点北魏造像题记笔意，白墙蓝字，是一位无名书家写的，写得实在好。我们每次经过，都要去看看。昆明有一位书法家叫吴忠荩，字写得极多，很多人家都有他的字，家家裱画店都有他的刚刚裱好的字。字写得很熟练，行书，只是用笔枯扁，结体少变化。沈先生还去看过他，说“这位老先生写了一辈子字”！意思颇为他水平受到限制而惋惜。昆明碰碰撞撞都可见到黑漆金字抱柱楹联上钱南园的四方大颜字，也还值得一看。

沈先生到北京后即喜欢搜集瓷器。有一个时期，他家用的餐具都是很名贵的旧瓷器，只是不配套，因为是一件一件买回来的。他一度专门搜集青花瓷。买到手，过一阵就送人。西南联大好几位助教、研究生结婚时都收到沈先生送的雍正青花的茶杯或酒杯。沈先生对陶瓷赏鉴极精，一眼就知是什么朝代的。一个朋友送我一个梨皮色釉的粗瓷盒子，我拿去给他看，他说："元朝东西，民间窑！"有一阵搜集旧纸，大都是乾隆以前的。多是染过色的，瓷青的、豆绿的、水红的，触手细腻到像煮熟的鸡蛋白外的薄皮，真是美极了。至于茧纸、高丽发笺，那是凡品了（他搜集旧纸，但自己舍不得用来写字。晚年写字用糊窗户的高丽纸，他说："我的字值三分钱。"）。

在昆明，搜集了一阵耿马漆盒。这种漆盒昆明的地摊上很容易买到，且不贵。沈先生搜集器物的原则是"人弃我取"。其实这种竹胎的，涂红黑两色漆，刮出极繁复而奇异的花纹的圆盒是很美的。装点心，装花生米，装邮票杂物均合适，放在桌上也是个摆设。这种漆盒也都陆续送人了。客人来，坐一阵，临走时大都能带走一个漆盒。有一阵研究中国丝绸，弄到许多大藏经的封面，各种颜色都有：宝蓝的、茶褐的、肉色的，花纹也是各式各样。沈先生后来写了一本《中国丝绸图案》。有一阵研究刺绣。除了衣服、裙子，弄了好多扇套、眼镜盒、香袋。不知他是从哪里"寻摸"来的。这些绣品的针法真是多种多样。我只记得有一种绣法叫"打子"，是用一个一个丝线疙瘩缀出来的。他给我看一种绣品，叫"七色晕"，用七种颜色的绒绣成一个团花，看了真叫人发晕。他搜集、研究这些东西，不是为了消遣，是从发现、证实中国历史文化的优越这个角度出发的，研究时充满感情。我在他八十岁生日写给他的诗里有一联：

玩物从来非丧志，

著书老去为抒情。

这全是记实。沈先生提及某种文物时常是赞叹不已。马王堆那副不到一两重的纱衣，他不知说了多少次。刺绣用的金线原来是盲人用一把刀，全凭手感，就金箔上切割出来的。他说起时非常感动。有一个木俑（大概是楚俑）一尺多高，衣服非常特别：上衣的一半（连同袖子）是黑色，一半是红的；下裳正好相反，一半是红的，一半是黑的。沈先生说："这真是现代派！"如果照这样式（一点不用修改）做一件时装，拿到巴黎去，由一个长身细腰的模特儿穿起来，到表演台上转那么一转，准能把全巴黎都"镇"了！他平生搜集的文物，在他生前全都分别捐给了几个博物馆、工艺美术院校和工艺美术工厂，连收条都不要一个。

沈先生自奉甚薄。穿衣服从不讲究。他在《湘行散记》里说他穿了一件细毛料的长衫，这件长衫我可没见过。我见他时总是一件洗得褪了色的蓝布长衫，夹着一摞书，匆匆忙忙地走。解放后是蓝卡其布或涤卡的干部服，黑灯芯绒的"懒汉鞋"。有一年做了一件皮大衣（我记得是从房东手里买的一件旧皮袍改制的，灰色粗线呢面），他穿在身上，说是很暖和，高兴得像一个孩子。吃得很清淡。我没见他下过一次馆子。在昆明，我到文林街二十号他的宿舍去看他，到吃饭时总是到对面米线铺吃一碗一角三分钱的米线。有时加一个西红柿，打一个鸡蛋，超不过两角五分。三姐是会做菜的，会做八宝糯米鸭，炖在一个大砂锅里，但不常做。他们住在中老胡同时，有时张充和骑自行车到前门月盛斋买一包烧羊肉回来，就算加了菜了。在小羊宜宾胡同时，常吃的不外是炒四川的菜头，炒茨菇。沈先生爱吃茨菇，说“这个好，比土豆‘格’高”。他在《自传》中说他很会炖狗肉，我在昆明、在北京都没见他炖过一次。有一次他到他的助手王亚蓉家去，先来看看我（王亚蓉住在我们家马路对面，——他七十多了，血压高到二百多，还常为了一点研究资料上的小事到处跑），我让他过一会来吃饭。他带来一卷画，是古代马戏图的摹本，实在是很精彩。他非常得意地问我的女儿：“精彩吧？”那天我给他做了一只烧羊腿，一条鱼。他回家一再向三姐称道：“真好吃。”他经常吃的荤菜是：猪头肉。

他的丧事十分简单。他凡事不喜张扬，最反对搞个人的纪念活动。反对“办生做寿”。他生前累次嘱咐家人，他死后，不开追悼会，不举行遗体告别。但火化之前，总要有一点仪式。新华社消息的标题是沈从文告别亲友和读者，是合适的。只通知少数亲友。——有一些景仰他的人是未接通知自己去的。不收花圈，只有约二十多个布满鲜花的花篮，很大的白色的百合花、康乃馨、菊花、菖兰。参加仪式的人也不戴纸制的白花，但每人发给一枝半开的月季，行礼后放在遗体边。不放哀乐，放沈先生生前喜爱的音乐，如贝多芬的《悲怆奏鸣曲》等。沈先生面色如生，很安详地躺着。我走近他身边，看着他，久久不能离开。这样一个人，就这样地去了。我看他一眼，又看一眼，我哭了。

沈先生家有一盆虎耳草，种在一个椭圆形的小小钧窑盆里。很多人不认识这种草。这就是《边城》里翠翠在梦里采摘的那种草，沈先生喜欢的草。

老舍先生

北京东城乃兹府丰富胡同有一座小院。走进这座小院，就觉得特别安静，异常豁亮。这院子似乎经常布满阳光。院里有两棵不大的柿子树（现在大概已经很大了），到处是花，院里、廊下、屋里，摆得满满的。按季更换，都长得很精神，很滋润，叶子很绿，花开得很旺。这些花都是老舍先生和夫人胡絜青亲自莳弄的。天气晴和，他们把这些花一盆一盆抬到院子里，一身热汗。刮风下雨，又一盆一盆抬进屋，又是一身热汗。老舍先生曾说："花在人养。"老舍先生爱花，真是到了爱花成性的地步，不是可有可无的了。汤显祖曾说他的词曲"俊得江山助"。老舍先生的文章也可以说是"俊得花枝助"。叶浅予曾用白描为老舍先生画像，四面都是花，老舍先生坐在百花丛中的藤椅里，微仰着头，意态悠远。这张画不是写实，意思恰好。

客人被让进了北屋当中的客厅，老舍先生就从西边的一间屋子走出来。这是老舍先生的书房兼卧室。里面陈设很简单，一桌、一椅、一榻。老舍先生腰不好，习惯睡硬床。老舍先生是文雅的、彬彬有礼的。他的握手是轻轻的，但是很亲切。茶已经沏出色了，老舍先生执壶为客人倒茶。据我的印象，老舍先生总是自己给客人倒茶的。

老舍先生爱喝茶，喝得很勤，而且很酽。他曾告诉我，到莫斯科去开会，旅馆里倒是为他特备了一只暖壶。可是他沏了茶，刚喝了几口，一转眼，服务员就给倒了。“他们不知道，中国人是一天到晚喝茶的！”

有时候，老舍先生正在工作，请客人稍候，你也不会觉得闷得慌。你可以看看花。如果是夏天，就可以闻到一阵一阵香白杏的甜香味儿。一大盘香白杏放在条案上，那是专门为了闻香而摆设的。你还可以站起来看看西壁上挂的画。

老舍先生藏画甚富，大都是精品。所藏齐白石的画可谓“绝品”。壁上所挂的画是时常更换的。挂的时间较久的，是白石老人应老舍点题而画的四幅屏。其中一幅是很多人在文章里提到过的“蛙声十里出山泉”。“蛙声”如何画？白石老人只画了一脉活泼的流泉，两旁是乌黑的石崖，画的下端画了几只摆尾的蝌蚪。画刚刚裱起来时，我上老舍先生家去，老舍先生对白石老人的设想赞叹不止。

老舍先生极其爱重齐白石，谈起来时总是充满感情。我所知道的一点白石老人的逸事，大都是从老舍先生那里听来的。老舍先生谈这四幅里原来点的题有一句是苏曼殊的诗（是哪一句我忘记了），要求画卷心的芭蕉。老人踌躇了很久，终于没有应命，因为他想不起芭蕉的心是左旋还是右旋的了，不能胡画。老舍先生说：“老人是认真的。”老舍先生谈起过，有一次要拍齐白石的画的电影，想要他拿出几张得意的画来，老人说：“没有！”后来由他的学生再三说服动员，他才从画案的隙缝中取出一卷（他是木匠出身，他的画案有他自制的“消息”），外面裹着好几层报纸，写着四个大字：“此是废纸。”打开一看，都是惊人的杰作——就是后来纪录片里所拍摄的。白石老人家里人口很多，每天煮饭的米都是老人亲自量，用一个香烟罐头。“一下、两下、三下……行了！”——“再添一点，再添一点！”——“吃那么多呀！”有人曾提出把老人接出来住，这么大岁数了，不要再操心这样的家庭琐事了。老舍先生知道了，给拦了，说：“别！他这么着惯了。不叫他干这些，他就活不成了。”老舍先生的意见表现了他对人的理解，对一个人生活习惯的尊重，同时也表现了对白石老人真正的关怀。

老舍先生很好客，每天下午，来访的客人不断。作家，画家，戏曲、曲艺演员……老舍先生都是以礼相待，谈得很投机。

每年，老舍先生要把市文联的同人约到家里聚两次。一次是菊花开的时候，赏菊。一次是他的生日，——我记得是腊月二十三。酒菜丰盛，而有特点。酒是“敞开供应”，汾酒、竹叶青、伏特加，愿意喝什么喝什么，能喝多少喝多少。有一次很郑重地拿出一瓶葡萄酒，说是毛主席送来的，让大家都喝一点。菜是老舍先生亲自掂配的。老舍先生有意叫大家尝尝地道的北京风味。我记得有次有一瓷钵芝麻酱炖黄花鱼。这道菜我从未吃过，以后也再没有吃过。老舍家的芥末墩是我吃过的最好的芥末墩！有一年，他特意订了两大盒“盒子菜”。直径三尺许的朱红扁圆漆盒，里面分开若干格，装的不过是火腿、腊鸭、小肚、口条之类的切片，但都很精致。熬白菜端上来了，老舍先生举起筷子：“来来来！这才是真正的好东西！”

老舍先生对他下面的干部很了解，也很爱护。当时市文联的干部不多，老舍先生对每个人都相当清楚。他不看干部的档案，也从不找人“个别谈话”，只是从平常的谈吐中就了解一个人的水平和才气，那是比看档案要准确得多的。老舍先生爱才，对有才华的青年，常常在各种场合称道，“平生不解藏人善，到处逢人说项斯”。而且所用的语言在有些人听起来是有点过甚其词，不留余地的。老舍先生不是那种惯说模棱两可、含糊其词、温吞水一样的官话的人。我在市文联几年，始终感到领导我们的是一位作家。他和我们的关系是前辈与后辈的关系，不是上下级关系。老舍先生这样“作家领导”的作风在市文联留下很好的影响，大家都平等相处，开诚布公，说话很少顾虑，都有点书生气、书卷气。他的这种领导风格，正是我们今天很多文化单位的领导所缺少的。

老舍先生是市文联的主席，自然也要处理一些“公务”，看文件，开会，作报告（也是由别人起草的）……但是作为一个北京市的文化工作的负责人，他常常想着一些别人没有想到或想不到的问题。

北京解放前有一些盲艺人，他们沿街卖艺，有的还兼带算命，生活很苦。他们的“玩意儿”和睁眼的艺人不全一样。老舍先生和一些盲艺人熟识，提议把这些盲艺人组织起来，使他们的生活有出路，别让他们的“玩意儿”绝了。为了引起各方面的重视，他把盲艺人请到市文联演唱了一次。老舍先生亲自主持，做了介绍，还特烦两位老艺人翟少平、王秀卿唱了一段《当皮箱》。这是一个喜剧性的牌子曲，里面有一个人物是当铺的掌柜，说山西话；有一个牌子叫“鹦哥调”，句尾的和声用喉舌做出有点像母猪拱食的声音，很特别，很逗。这个段子和这个牌子，是睁眼艺人没有的。老舍先生那天显得很兴奋。

北京有一座智化寺，寺里的和尚作法事和别的庙里的不一样，演奏音乐。他们演奏的乐调不同凡响，很古。所用乐谱别人不能识，记谱的符号不是工尺，而是一些奇奇怪怪的笔道。乐器倒也和现在常见的差不多，但主要的乐器却是管。据说这是唐代的“燕乐”。解放后，寺里的和尚多半已经各谋生计了，但还能集拢在一起。老舍先生把他们请来，演奏了一次。音乐界的同志对这堂活着的古乐都很感兴趣。老舍先生为此也感到很兴奋。

《当皮箱》和“燕乐”的下文如何，我就不知道了。

老舍先生是历届北京市人民代表。当人民代表就要替人民说话。以前人民代表大会的文件汇编是把代表提案都印出来的。有一年老舍先生的提案是：希望政府解决芝麻酱的供应问题。那一年北京芝麻酱缺货。老舍先生说：“北京人夏天离不开芝麻酱！”不久，北京的油盐店里有芝麻酱卖了，北京人又吃上了香喷喷的麻酱面。

老舍是属于全国人民的，首先是属于北京人的。

一九五四年，我调离北京市文联，以后就很少上老舍先生家里去了。听说他有时还提到我。

一技

花

北门口有一家穿珠花的。我小时候，妇女出客都还兴戴珠花。每次放学路过，我总愿意到这家穿珠花的作坊里去看看。铺面很小，只有一个老师傅带两个徒弟做活。老师傅手艺非常熟练。穿珠花一般都是小珠子——米珠。偶尔有定珠花的人家从自己家里拿来大珠子，比如听说有一个叫汪炳的，他娶亲时新娘子鞋尖的四颗珍珠有豌豆大！一般都没有用这样大的珠子穿珠花的，那得做别的用处，比如钉在“帽勒子”上。老师傅用小镊子拈起一颗一颗米珠，用细铜丝一穿，这种细铜丝就叫做“花丝”。看也不看，就穿成了一串，放在一边（我到现在还不明白那么小的珠子怎样打的孔）。珠串做齐，把花丝扭在一起，左一别，右一别，加上铜托，一朵珠花就做成了。珠花有几种式样，以“凤穿牡丹”“丹凤朝阳”最多。

现在戴珠花的几乎没有了，只有戏曲旦角演员的“头面”上还用。但大都是玻璃料珠。用真的“珍珠头面”的，恐怕很少了。

发蓝点翠

“发蓝”是在银首饰（主要是簪子）上，錾出花纹，在花纹空处，填以珐琅彩料，用吹管（这种吹管很简单，只是一个豆油灯碗，放七八根灯草，用一根铜管呼呼地吹）吹得珐琅彩料与银器熔为一体，略经打磨，碱水洗净，即成。

“点翠”是把翠鸟的翅羽剪成小片，按首饰的需要，嵌在银器里，加热，使“翠”不致脱落，即可。

齐白石题画翠鸟：“羽毛可取。”翠鸟毛的颜色确实无可代替。但是现在旦角头面没有“点翠”的，大都是化学药品染制的绸料贴上去的了。

真的点翠现在还不难见到，十三陵定陵皇后的凤冠就是点翠的。不过大概是复制品，不是原物。

葡萄常

葡萄常三姐妹都没有嫁人。她们做的葡萄（作为摆设）别的倒也没有什么稀奇：都是玻璃吹出来的，很像，颜色有紫红的，绿的；特异处在葡萄皮外面挂着一层轻轻的粉，跟真葡萄一样。这层薄薄的粉是怎么弄上去的？——常家不是刷上去或喷上去的。多少做玩器的都捉摸过，捉摸不出来。这是常家的独得之秘，不外传。这样，才博得“葡萄常”的名声。

常家三姐妹相继去世：“葡萄常”从此绝矣。